KB121269

이것이 넋이다

이것이 법이다 4

2015년 11월 4일 초판 1쇄 인쇄
2015년 11월 9일 초판 1쇄 발행

지은이 자카예프
발행인 이종주

기획 팀 이주현 이기헌
책임 편집 최전경

발행처 (주)로크미디어
출판등록 2003년 3월 24일
주소 서울시 용산구 원효로97길 46 5층
Tel (02)3273-5135 Fax (02)3273-5134
홈페이지 rokmedia.com E-mail rokmedia@empas.com

ⓒ 자카예프, 2015

값 8,000원

ISBN 979-11-255-9579-3 (4권)
ISBN 979-11-255-9575-5 04810 (세트)

이것이 법이다

4

자카예프 장편소설

ROK
MEDIA
로크미디어

CONTENTS

믿음이라는 게 뭔데?

"여기가 어디냐 하면……."

이쯤되면 상습이라고 봐도 무방하다.

노형진은 손채림과의 관계를 계속 이어 가고 있었다. 손채림도 무슨 생각을 하는 건지 자주 연락을 주고받으며 여전히 만나 주고 있었다.

'설마 '원래 너희는 남매다.' 같은 게 나오는 건 아니겠지?'

여전히 채림의 어머니가 노형진을 싫어하는 이유는 알아내지 못한 상황.

"그나저나 용케 다닌다."

"내가 벌써 대학교 3학년 되거든?"

이제 곧 3학년으로 올라가는 채림이 당당하게 말했지만

노형진에게는 그저 비웃음의 대상일 뿐이었다.

"그래서 무려 20분이나 늦냐?"

"그럴 수도 있지."

"걸어서 5분 거리라며?"

"호호호호."

"내가 못산다, 진짜."

정문에서 만나기로 했는데 수업이 끝났다는 인간이 무려 20분이나 늦은 것이다.

"그렇게 길치가 심해서 어떻게 사냐?"

"언젠가는 목적지에 도착하는 게 인생 아니겠어?"

느긋하게 말하는 채림을 보면서 고개를 흔드는 노형진.

"그나저나 어쩐 일이야? 이런 비싼 공연을 다 보자고 하고?"

"내가 뭘?"

"한 자리에 20만 원짜리더라?"

그 말에 순간 멈칫한 노형진은 슬쩍 고개를 돌렸다.

"아니, 그냥 공연 티켓이 생겨서 가는 거야. 생겨서."

"그래?"

"그럼."

"너희 회사에는 여직원 없어?"

"어…… 있지만 나이 차가 좀 있지. 대부분 누나들이야."

"그으래?"

왠지 의미심장한 미소를 보내는 채림을 보고 노형진은 냅다 가속했다.

"천천히 가. 설마 변호사님께서 법을 위반하시지는 않겠지."

"세상이 법을 위반하지 않으면 난 굶어 죽는다."

"그런가? 호호호."

묘한 관계가 계속되고 있는 상황에서 노형진은 앞으로 전진하기가 애매했다. 눈치로 봐서는 그녀도 관심이 있기는 한 것 같은데.

'역시 그 문제는 확실하게 짚고 넘어가야겠지?'

이상하리만치 자신을 싫어하는 채림의 어머니의 문제는 한 번쯤은 생각해 봐야 할 일이었다.

"아, 맞다. 그러고 보니 너희 회사, 후불도 해 준다고 하지 않았어?"

"했지."

다른 변호사 사무실은 무조건 선불이다. 정 안 되면 카드를 받긴 하지만, 어찌 되었건 무조건 돈을 받고 시작한다. 그에 비해 새론은 정당하다고 판단되는 경우에는 후불로 계약하고 일을 해 준다.

그 덕분에 당장 돈이 없어서 소송하지 못하는 수많은 사람들이 새론을 찾기 시작했고, 이로 인해 새론은 점점 더 많은 변호사를 고용하고 있었다.

"변호사가 많겠네?"

"뭐, 많지. 계속 늘어나고 있고. 왜?"

"아니, 그럼 내가 소개시켜 주는 것도 해 줄 수 있어?"

"소개?"

"선배의 제자한테 문제가 생겼다고 하더라고."

그 말에 노형진은 고개를 갸웃했다. 선배라고 하면 아마도 임용고시에 붙어서 나간 선배일 텐데 그걸 다른 사람도 아닌 학교에 있는 채림에게 부탁하다니?

"너, 아는 변호사 있냐?"

"응. 너."

"아니, 나 말고."

"우리 아빠가 변호사잖아."

'그랬나?'

생각해 보니 그런 것 같다.

'잠깐…… 그럼 선배라는 건데…… 누구지?'

채림의 어머니에 대해서는 몇 번 만나 봤고 어머니의 친구라는 것도 좀 알지만 그녀의 아버지에 대해서는 거의 알지 못한다는 사실을 노형진은 깨달았다.

"아빠한테 부탁하지?"

"그딴 사건 안 한대."

"그딴 사건?"

"대놓고 그렇게 말하던데?"

그 말에 노형진은 얼굴을 찌푸렸다. 무슨 사건인지 모르겠지만 그딴 사건이라고 하는 걸 보니 아무래도 작은 개인 사무소를 운영하는 변호사는 아닌 모양이었다.

'그래도 그렇지, 그딴 사건이라니.'

사건을 맡기는 사람은 절박하기 때문에 변호사를 찾아오는 것이다. 그렇기에 노형진의 입장에서 그딴 사건이라는 것은 없다. 한 명 한 명이 자신의 인생을 걸고 재판에서 싸우는 건데, 어찌 그딴 사건이 되겠는가?

"뭔데?"

"형사야."

"형사?"

노형진은 민사가 전문이지, 형사가 전문인 것은 아니다. 민사가 대부분 돈이 왔다 갔다 하는 것이다 보니 승리하면 성공 보수라는 것을 받지만, 형사는 그렇지 않아 부자가 아닌 경우 보수가 상대적으로 작기 때문이다.

"일단 내가 해 줄 수 있을지 모르지만 회사에 이야기는 해 볼게."

"그래 주면 생큐지."

"다른 부탁은?"

"없어. 근데 우리, 길 잘못 든 거 아냐? 저쪽인 것 같은데?"

"너, 우리나라 개그맨이 했던 말 몰라?"

"무슨 말?"

"남자는 평생 세 명의 여자의 말을 잘 들어야 한다고 했어. 엄마, 아내 그리고 내비게이션."

내비게이션과 전혀 다른 말을 하는 채림에게 한마디 하면서 노형진은 피식 웃었다.

"네?"

형진은 며칠 후 송정한 변호사에게 당황스러운 부탁을 받았다.

"자네가 해 줘야겠어."

"제가요?"

"그래, 이번 사건, 쉽지 않아."

"도대체 얼마나 어렵기에?"

손채림에게 부탁받은 사건에 대해서는 송정한에게 연락처를 넘겨주는 것으로 끝낸 상태였다. 그런데 송정한이 나서서 어렵다고 하다니?

"강도 치상인데…… 사실 강도 치사나 마찬가지야."

"뭐라고요?"

"그게 참 애매한 게…….'"

송정한이 사건 기록을 설명하기 시작하자, 노형진은 얼굴을 찌푸렸다. 간단하게 설명하자면 불량 학생들이 도둑질을 하다가 노인을 밀었는데 그 노인이 넘어지면서 혼수상태에 빠졌다는 것이다. 그런데 의사의 말에 의하면 길어 봐야 얼마 안 남았단다. 그래서 사망과 동시에 강도 치상이 아닌 강도 치사로 넘어가게 되었다는 것이다.

"그거야 그거에 맞게 방어하면 되지 않습니까?"

"그래, 근데 범인, 아니 의뢰인은 자신이 하지 않았다는 거야."

"자신이 하지 않았다?"

"그래."

의뢰인은 운동선수였다고 한다. 하지만 부모가 가난해서 돈을 내지 못하는 바람에 주전에서 떨어졌고, 그때 충격으로 엇나가기 시작했다는 것.

"그날 자신은 범죄에 참가한 게 아니라 그냥 불러서 간 거라는 거야."

"그런데요?"

"나중에 연락이 와서 급하게 와 달라고 하기에 현장으로 바로 갔는데 그때는 이미 노인이 쓰러진 상태였다는 거고."

"멍청하긴."

노형진은 고개를 흔들었다. 도대체가, 범죄 조직에 들어가면 그곳 사람들이 잘 대해 줄 거라는 건 무엇을 근거로 나온 생각인지 모르겠다. 누구나에게 잘해 줄 놈들이 범죄 조직을 구성할 리가 없지 않은가?

"근데 여기서 문제가 생겼어."

"문제?"

"그 녀석을 제외한 다른 녀석들은 그 녀석이 폭행했다고 하는 거야. 그 녀석은 자기가 안 했다는 거고."

"그거야 어렵지 않잖아요?"

자신이 안 했으면 흔적이 남을 리가 없다. 그러니 문제 될 것도 없다.

"그랬어야 하는데…… 멍청하기는 한데 나쁜 놈은 아니라는 게 문제지."

"설마……."

"살려 보겠다고 별짓을 다 한 모양이야."

운동선수. 그것도 격투기 위주인 유도를 전문으로 한 녀석이다 보니 긴급 시 행동 요령에 대해서 알고 있었기에 심장마사지부터 인공호흡까지 할 수 있는 걸 다 한 모양이었다.

"결과적으로 누가 했는지 알 수는 없는데 그 녀석의 유전자만 사방에 널리게 된 거지."

"끄응…… 멍청한 것도 한계가 있지."

"착한 녀석이니까."

"법에 그딴 게 어디 있습니까?"

법은 착한 사람일수록 불리하다. 그렇기 때문에 노형진이 그걸 고치려고 하는 거고.

"완벽하게 몰렸어."

현장에 있던 범인들은 총 네 명. 그 녀석들은 한결같이 그 녀석이 폭행했다고 주장하고 있었고, 그 사람의 옷이나 주변에는 그 녀석의 유전자와 흔적이 가득한 상태였다.

"보아하니 이 상태로는…… 정작 사건을 일으킨 놈들은 불법 침입으로 끝나는 것에 비해 이 녀석은 강도 치사로 끝날 것 같은데."

"끄응……."

"남 변호사가 해 보려고 했는데 방법이 없다고 하더군."

'그렇겠지.'

현대의 변호사의 싸움은 과학기술의 싸움이라고 할 만하다. 과학기술로 흔적과 증거를 추적하기 때문이다. 문제는 한국 변호사들은 그것에 익숙하지 않다는 것. 그건 아무리 유능한 남상주 변호사라도 마찬가지였다. 그나마 아는 게 유전자와 지문 정도?

'국과수 쪽에서 제대로 해 주면 좋겠지만.'

문제는 우리나라의 국과수는 미국 드라마에 나오는 CSI 같은 존재가 아니라는 것이다.

그들은 흔적을 추적하는 과정에서 어떤 상황인지 추론하여 조사하기까지 하지만, 국과수는 오는 자료만 점검해서 유전자가 '맞다, 아니다.'를 판단한다.

'그게 문제지.'

결국 해석하는 건 경찰인데 그런 걸 제대로 해 본 경찰이 있을 리가 없다. 피의자의 유전자가 있다는 그 사실만으로도 범인으로 단정 지어 버리는 경우가 많았다.

"그러니 자네가 좀 해 줬으면 하는데."

"끄응……."

"어차피 자네가 가지고 온 사건이잖나?"

"저야 이렇게 어려운 사건인 줄 알았겠습니까?"

부탁을 받았을 때는 그저 학생이 연루된 간단한 패싸움 정도라고 생각했지, 이렇게 복잡한 사건이라고는 생각하지 못했다.

"어쩌겠어. 그렇다고 패대기칠 수는 없잖아?"

"쳇……."

새론의 규칙. 아무리 어려워도 사건을 방치하지는 않는다는 것이다. 어떤 식으로든 노력해서 관련 선례를 만들고 방어법을 도식화하려고 한다. 그래야 나중에 비슷한 사건이 나왔을 때 도움이 되기 때문이다.

'처음이 어려운 법인데.'

예전 사건과 비슷한 사건이 나오면 해결하는 것이 쉽다. 하지만 반대로 비슷한 사건이 아닌 것은 상당히 어렵다.

"변호사 비용은 얼마 받기로 했는데요?"

"당연히 300만 원이지. 뭐, 그쪽에서는 상황 봐서 100만 원 정도 더 줄 수도 있다는데."

"100만 원이라……. 의미가 없군요."

"그렇겠지. 아버지는 없고 엄마가 시장에서 떡볶이랑 오뎅을 파는 모양이야."

이것이 법이다.

그런 거라면 추가 비용인 100만 원조차도 어머니가 진짜 허리띠를 졸라매서 구해야 하는 것이리라.

'하긴, 돈을 구할 수 있는 사람이라면 주전에서 퇴출되지도 않았겠지.'

감독에게 돈을 주지 않으면 주전으로 나가지도 못하고, 주전으로 나가지 못하면 실적도 없으며, 실적이 없으면 프로로 가지도 못한다. 이런 악순환은 지금이나 미래에나 스포츠계에 있는 일이다.

"자네가 한번 해 봐. 자네에게는 그 승리의 혓바닥이 있잖아?"

"승리의 혓바닥?"

"뭐, 자네 별명이던데?"

그 말에 노형진은 피식 웃음이 나왔다. 분쇄기라는 별명은 들어 봤는데 승리의 혓바닥이라니.

'아예 빅토리 텅이라고 영어로 부르지 그러냐? 있어 보이게?'

물론 그게 진짜 별명은 아닐 것이다. 외부에서 부르는 건 더더욱 아닐 것이다. 아마도 회사 내부에서 부르는 말일 가능성이 높다.

"자네가 고생 좀 해 주게. 뭐, 자잘한 사건들이야 신입이나 배우는 사람들이 할 수 있지만 이런 사건은 영 쉽지 않아서 말이야."

"그렇겠네요."

노형진은 순순히 고개를 끄덕거렸다. 어차피 검찰 쪽과 한

번 부딪쳐야 하는 순간이 올 것이라 생각했다. 지금까지는 민사 부분에 집중했지만 진정으로 공정한 재판을 원한다면 형사의 비중이 더 높을 수밖에 없다. 대부분의 민사는 형사를 기준으로 청구되기 때문이다.

"제가 한번 해 보겠습니다."

"노형진 씨입니까?"

"강만수 씨?"

"반갑습니다. 강만수입니다."

노형진은 그 선배라는 인간을 만나자 왠지 기분이 찝찝해졌다.

'남자야?'

듣기로는 벌써 졸업한 선배라고 들었는데 남자일 거라고는 생각도 하지 못했다. 더군다나 그녀가 1학년 때 4학년이라고 했는데, 그녀가 2학년인 지금까지도 연락하고 있다니.

'에잉……'

자꾸 찝찝하기는 했다. 그 스스로가 남자가 어떤 인간인지 알기 때문이다.

'그래, 이놈 보고 하는 거 아니니까.'

"제자분의 사건을 의뢰한다고 들었습니다."

"네, 제 제자입니다. 나쁜 녀석은 아닌데 '아차.' 하는 실수를 해서……."

"법에 의하면 실수도 범죄입니다."

"네?"

"법에 의하면 실수도 범죄입니다. 실수했다고 다 풀려날 수는 없지 않습니까?"

그 말에 강만수는 묘한 얼굴이 되었다. 보통은 '실수 정도야.' 라면서 다독거리는 변호사들이 대부분인데 실수도 범죄라니?

"과실로 인한 배상 문제가 왜 나오는데요? 결과적으로 실수도 범죄이기 때문입니다."

"하지만 한 번의 실수인데……."

"그쪽은 한 번의 실수겠지만 죽은 사람은 하나뿐인 목숨을 잃은 겁니다."

"……."

어젯밤 그 노인이 사망했다. 하긴, 뇌사까지 왔다고 하니 살 수는 없었으리라.

"그 후에 어떻게 얼마나 대처하느냐가 관건인 겁니다. 만일 그 당시에 바로 경찰에 신고했다면 이렇게까지 되지는 않았을 겁니다. 아니, 애초에 제자분께서 선배라는 녀석이 그 가게를 털려고 한다는 제보만 했어도 그분은 살 수 있었습니다."

"하지만 그래도…… 미래가 창창한 학생인데……."

그 말에 노형진은 얼굴을 찌푸렸다. 노형진이 싫어하는 변명이 바로 그런 것이기 때문이다.

"핑계 없는 무덤 없다는 말, 못 들어 봤습니까?"

"네?"

"'어리다.', '미래가 창창하다.', '아직 미성년자다.', '가난하다.', '사회 초년생이다.', '한 부모 가정이다.' 같은 이유를 대며 봐 달라고 하는데 그게 얼마나 헛소리인지 압니까?"

"그렇게까지야……."

노형진은 말을 따끔하게 하기로 했다. 개인적인 감정이야 둘째 치고 강만수는 선생이다. 저런 생각으로 학생을 대하면 결국 범죄를 방치하고 학교 폭력을 유발할 것이다.

"반대로 말해 보죠. '피해자가 어리다.', '미래가 창창하다.', '아직 미성년자다.', '가난하다.', '사회 초년생이다.', '한 부모 가정이다.'라는 이유로 가해자에게 가중처벌을 내려야 한다는 생각은 안 해 보셨습니까?"

"……."

할 말이 없었다. 맞는 말이기 때문이다. 자신의 학생이 어리다는 이유로 선처받아야 한다면 반대로 피해자는 동일한 이유로 더욱 보호받아야 하는 게 정상인데 그걸 어겼으니 가중처벌의 대상이라 할 수 있다.

"법은 결국 양측이 평등하다고 판단하는 데서 시작됩니다. '누구라서.', 또는 '어떠하니까.'라는 식으로 판단하는 게 아니라 공정한 기준으로 판단해야 하는 겁니다."

하지만 강만수는 여전히 버티고 싶었다. 지고 싶지 않았기 때문이다.

'이 녀석이 뭔데.'

손채림이 끝내주는 변호사가 있으니 믿고 맡기라고 했을 때는 설마 이렇게 새파란 변호사라고 생각하지 못했다. 더군다나 초등학교 동창이란다.

'젠장.'

이름을 듣고 인터넷을 검색했을 때 그는 자신도 모르게 위협을 느꼈다. 그동안 공들인 게 무너질 것 같은 느낌이랄까? 결국 강만수는 노형진을 압박하기로 했다.

어찌 되었건 변호사니까. 그리고 손채림의 말에 따르면 평등하게 변호해 주는 게 모토라고 하니까.

"당신은 변호사입니다. 변호사가 변호를 해야지."

"당신이 판사입니까?"

"네?"

"네, 전 변호사죠. 당연히 판사 앞에서 의뢰인을 지키기 위해서 싸웁니다. 그렇지만 당신이 판사인 건 아니죠. 그리고 의뢰인이 선하기 때문에 변호사가 의뢰인을 지키는 거라는 생각은 하지 마십시오. 의뢰인이든 상대방이든 결국 이해타산이 다를 뿐이고, 우리는 그 이해타산을 지킬 뿐입니다."

"그…… 그게 무슨……."

정의롭거나 약자를 보호하는 변호사를 생각했던 강만수는 깜짝 놀랐다.

"당신 인터넷에서 찾아보니까 약자를 지켜 준다고 나오던 데, 이거 완전 사기꾼 아냐?"

다짜고짜 나오는 반말에 노형진은 피식 웃었다. 맞는 말이다. 인터넷이나 주변에서는 그런 착각을 많이 한다. 하지만 그건 반은 틀리고 반은 맞는 말이다.

"약자를 보호한다는 게 약자를 무조건 풀어 준다는 것과는 다릅니다. 우리의 모토는 약하면 무조건 봐줘야 한다는 것이 아니라 약하다 하더라도 부자와 동등한 법률 서비스를 받을 자격이 있다는 것이니까요. 만일 특별한 서비스를 기대하신 다면 우리 말고 다른 곳으로 가셔야 할 겁니다."

그 말에 강만수는 입을 다물었다. 확실히 그가 아니면 이 번 사건은 답이 안 나오는 사건이기 때문이다. 증거가 너무 많았다.

"당신을 소개받은 건 감사한 일입니다. 하지만 이건 결국 감정의 문제가 아니라 승리의 문제입니다. 감정에 호소해 봐 야 죽은 사람이 돌아오는 것도, 죽은 사람의 가족의 분노가 풀리는 것도 아닙니다."

"……."

한국 사람들은 극도로 감정적이다. 문제는 그게 상황이 어 떻든 간에 끼어든다는 것이다.

대표적인 것이 과거에 벌어진, 아니 이제는 미래에 벌어질 평창 동계 올림픽 유치 경쟁이다. 한국은 홍보 영상을 극도로 감정적인 것으로 만들었다. 할머니가 나와서 미소를 짓는다든가 눈밭에서 아이들이 뛰어 논다든가 하는 식으로 말이다.

하지만 동계 올림픽위원회의 입장에서 중요한 건 할머니의 미소나 아이들의 행동이 아니라 얼마나 올림픽을 잘 치를 수 있느냐였고, 결국 평창은 몇 번이나 유치에 실패했다.

"후우."

강만수는 자신이 말발에서 밀린다는 사실을 인정할 수밖에 없었다.

'하긴 변호사니까.'

변호사는 말로 싸우는 사람이다. 그러니 말로 이기는 게 가능할 리 없을지도 모른다.

"좋다. 인정하지. 하지만 최선은 다해 주겠지?"

"다할 겁니다."

자존심 때문에 또 반말을 해 버리는 강만수였지만 노형진은 그냥 넘어갔다. 자신에게 중요한 것은 그가 사건의 의뢰인이라는 점이기 때문이다.

"선생님……."

"그래, 철진아, 괜찮지?"

"흑흑."

유철진은 만수를 보고 눈물을 뚝뚝 흘렸다. 스스로 죄인이 되어 감옥에 있게 될 거라고는 생각하지 못했기 때문이다.

"이 사람이 널 변호해 줄 거다."

만수의 소개에 노형진은 얼굴을 찌푸렸다.

'뭐, 이딴 놈이 다 있어?'

변호사란 존재는 상대방에게 믿음을 줘야 하는 사람이다. 그런데 대놓고 이 사람이라니?

'제자를 생각하는 녀석인 줄 알았는데.'

그건 모를 일이지만 최소한의 예의도 지키지 않는 것 같았다. 물론 자신이 어리니 개인에게 반말하는 건 이해한다. 하지만 이건 일이고 저 아이는 도움이 필요한 상황이다.

"일단 유철진 군의 사건에 대해서는 들었습니다. 이야기를 들어 보니 본인이 한 게 아니라구요?"

"네, 전 그냥 불러서 간 것뿐이거든요. 그날 급하게 와 달라고 하기에 거기에 갔더니……."

말을 들어 보니 대충 상황이 맞기는 한 것 같았다. 문제는 그가 거짓말을 하는지, 아니면 다른 놈들이 거짓말을 하는지 알 수 없다는 것.

'일단 거짓말을 하는 것 같지는 않은데.'

물론 기억을 읽어 내면 정확하게 알 수 있다. 여기서 직접 읽어도 되지만 옆에서 자신을 지그시 노려보고 있는 강만수의 시선이 거북해서 그러기가 쉽지 않았다.

"그럼 그 녀석들은 어디서 만난 놈들입니까?"

"그냥…… 어쩌다 보니…….."

"어쩌다 보니라고 하면 판사가 믿어 주겠습니까?"

그 말에 고개를 돌려서 강만수를 바라보는 유철진. 노형진은 그 시선을 느끼고 강만수에게 고개를 돌렸다.

"나가세요."

"뭐?"

"나가시라고요."

"내가 이 애의 담임이야."

"당신의 담임으로서의 역할은 여기까지입니다. 여기부터 필요한 건 담임이 아니라 변호사가 할 일입니다."

"이이익!"

유철진이 보낸 시선은 그가 부담스럽다는 뜻이 아닌 그에게 도움을 청하는 것이었다. 물론 스승에게 제자가 기대는 건 좋다. 하지만 이건 법률적인 과정이니 스승에게 기대어 봐야 아무런 도움이 안 된다.

"너 이 새끼."

"나가시든지. 아니면 내가 나가지요."

"흥!"

바깥으로 나가는 강만수. 그리고 그걸 본 유철진은 당황했다.

"선생님!"

"당신이 선생님을 많이 기대는 건 압니다만 이건 법률에 관련된 규정입니다. 제3자는 사건에 대해서 알면 안 돼요."

노형진은 딱 선을 그었다. 그가 좋은 선생일지도 모르겠지만 설혹 그렇다 해도 그가 해 줄 수 있는 것은 기껏해야 탄원서, 아니면 사건과 직접적인 관련이 없는 과거의 행동에 대한 증언뿐이다.

'이런 상황에서는 의뢰인이 기대는 건 그가 아닌 변호사여야 하는데.'

일하면서 이런 경우가 많았다.

믿을 만한 사람과 함께 오는 건 좋다. 그런데 정작 의뢰인은 변호사이 아닌 함께 온 사람을 믿어서 나중에는 그가 의뢰인을 대신해서 감 놔라 배 놔라 하게 된다. 문제는 법정에서 일하는 사람은 변호사라는 점이다.

모든 일이 그렇듯, 의뢰인이 믿는 사람을 통해서 오는 정보는 한번 거쳐진 것인 데다가 자기들에게 유리한 형태로 곡해되어 넘어오기 때문에, 변호사가 직접 사건에 임해 보면 전혀 다른 경우가 많다.

"지금부터 유철진 군이 기대야 하는 건 저 사람이 아닙니다. 저한테 기대야 합니다."

"……."

"변호사를 믿지 못하면 재판에서는 못 이깁니다."

"네."

"일단 그날 사건에 대해서 천천히 이야기해 봅시다. 아침에 일어나서 뭐부터 했는지 말해 봐요."

"그러니까 아침에 일어나서……."

⚖️

"흠……."

노형진은 서류를 정리하면서 벽에 걸린 화이트보드에 동선을 그려 체크하고 있었다.

"결과적으로 아침 동선은 문제가 없는데…… 갑자기 저녁때 움직임이 꼬였단 말이지……. 유전자로 싸울 수는 없겠고…… 강도 치사니…… 그냥 넘어가기도 힘들고……."

보드 마카로 화이트보드에 선을 쭈욱 그어서 필요 없는 시간 선을 지우는 노형진.

"일단은…… 12시 이전의 행동은 의미가 없어 보이고……."

다음 시간에 대한 생각을 하는 노형진이었다. 그때 문이 열리면서 한 사람이 들어왔다.

"노 변호사."

"아, 남 변호사님, 어쩐 일입니까?"

새론에서 가장 경험이 많은 변호사를 뽑으라면 단연 남상주 변호사라고 할 수 있다. 물론 노형진은 회귀해서 제일 경험이 많지만 현실의 기간만 고려하면 아직 새끼 변호사나 마찬가지다.

"그게 말이야, 자네 사건이 좀……."

"네?"

"그쪽에서 의뢰를 취소했어."

"의뢰를 취소하다니요?"

순간 노형진은 당황한 얼굴로 남상주 변호사를 바라보았다.

"방금 전화가 왔네. 아무래도 믿을 수 없으니 다른 사람을 구하겠다는데."

"다른 사람을 구한다? 이제 와서? 이제 나흘 후면 1심 재판인데?"

"그래."

그 순간 노형진의 머릿속을 뭔가 스치고 지나갔다. 자신이 논 것도 아니고 실수한 것도 아니다. 그런데 갑자기 변호인을 바꾼다는 건 말도 안 된다. 딱 하나, 누군가 그들을 선동했다면 모를까.

"그 어머니가 말하기를, 제대로 일도 안 하는 변호사는 필요 없대."

"장난합니까?"

이제 나흘 후면 재판이다. 아무리 빨리 구해도 결국 내일에나 새로운 변호사가 사건을 받게 되는데 제대로 사건을 검토할 시간이 있을 리 없다. 아니, 애초에 고작 300만 원으로 받아 주기에는 너무 큰 사건이다. 다른 변호사들은 못해도 1천만 원 이상을 요구할 것이다.

"기껏해야 국선변호인이 붙을 텐데요?"

"그렇겠지."

"끄응……."

국선변호인이란 국가에서 변호사가 없는 피의자, 즉 형사 사건의 가해자에게 변호인을 지정해 주는 것을 말한다. 문제는 국선변호인이라는 게 한 변호사당 고작 30만 원의 지원비가 나가는 것이며 또한 국선변호인에게 몰리는 사건이 많다는 것이다. 즉, 제대로 준비할 의무도, 시간도 없다는 것.

"어쩌겠나? 자네가 어머니라는 분에게 전화해서 설득해 보겠나?"

"아닙니다. 그만두죠. 어차피 믿음이 깨진 변호인과 의뢰인은 함께 못 가는 거 아시지 않습니까?"

"하긴."

남상주는 안다는 듯 고개를 끄덕거렸다. 믿음이 깨지면 비밀을 말하지 않게 되고 그렇게 되면 변호할 때도 역습당해 결국 패배하게 된다.

부자들이 사건이 없을 때도 수억씩 변호사들에게 고문료라는 이유로 돈을 주는 이유가 그것이다. 자신의 비밀을 아는 사람이 그 비밀을 지켜 주기를 원하는 것.

"손 털어야지요."

"미안하네."

"미안하기는요. 제가 미안하죠. 이 사건을 가지고 온 건 저인데."

사건을 맡다 보면 이런 경우는 많다. 딱히 충격을 받거나 배신감을 느낄 이유조차 없다.

"그럼 전 다른 사건을 준비하죠."

"그래 주게나."

노형진은 남상주 변호사가 나가고 난 후 화이트보드를 보다가 슥슥 지웠다. 어차피 물 건너간 사건이니 관심을 가질 필요가 없기 때문이다.

'그래도 확인은 해야지.'

물론 그 사건에 관심은 없지만 그렇다고 확인하지 않을 이유도 없다. 의뢰인에게 장난칠 정도의 인간이라면 다른 사람에게도 장난치지 않았을 리가 없기 때문이다.

따르르릉.

잠시 울리던 전화기.

"여보세요?"

"여."

"아, 형진아."

"바쁘냐?"

"아니, 엄청 한가해."

"그래, 그럼 오늘 잠깐 만나자."

"오케이. 내가 그쪽으로 가면 되는 거지?"

"그래, 네가 여기로 오……."

순간 노형진은 오라고 할 뻔했다. 그런데 그랬다가는 아무래도 오늘 퇴근은 물 건너갈 것 같은 느낌이 들었다.

"아니다……. 그냥…… 내가 갈게."

"올, 공주님 대접이야?"

"그게 아니라 네가 여기로 오려면 내일쯤이나 되어야 할 것 같아서."

"호호호."

그녀는 웃었지만 노형진은 웃는 게 웃는 게 아니었다.

"그 부분은 미안해."

"아니다."

결국 그녀의 학교 앞에까지 가서 들은 이야기는 아니나 다를까, 노형진의 예상대로였다.

"그러니까 그 녀석이 내 욕을 했다는 거지?"

"욕한 건 아니고 그냥 무능한 변호사라고."

"무능?"

"그래, 중요한 사람인 자신을 빼놓더니 왠지 일도 안 하고 그냥 놀고먹는다고."

'미친.'

그는 제3자다. 자신이 사건의 진행에 대해서 그에게 보고할 이유가 없다. 아니, 그에게 보고하는 것 자체가 위법 사항이다.

"그러니까 내가 자기를 빼고 사건을 진행시켜서 그렇다는 거야?"

"모르지. 그런데 널 마구 무시하더라고. 세상 물정 모르는 무능한 변호사라면서. 그 얘기를 듣는데 내가 진짜 얼마나 열 받던지. 자기가 너에 대해서 뭘 안다고."

'그 새끼, 완전 인간 쓰레기잖아?'

그래도 나름 제자를 구하려고 해서, 채림과의 관계는 둘째 치고 제자에 대한 애정은 있는 놈이라고 생각했다. 그런데 자신을 배제하고 사건을 진행했다고 욕하는 것만으로도 모자라서 모자를 부추겨서 변호사 선임을 취소했다?

'내가 잘못 생각했네.'

보아하니 그가 채림에게 변호사를 부탁한 건 제자를 위해서가 아니라 그걸 핑계로 채림의 아버지에게 접근하고 싶었던 것 같았다. 채림의 아버지가 변호사니까. 하지만 채림의 아버지가 거절해서 사건이 자신에게 넘어온 것이다.

"미안."

"그럼 밥 사라."

"난 가난한 학생이거든?"

"비싼 거 안 먹어. 나도 학식이라는 것 좀 먹어 보자."

"학식?"

"그래, 난 대학도 안 나왔잖아."

"아, 맞다. 너, 대학도 패스하고 붙었다고 했지? 학식 정도야 뭐. 가자. 내가 맛있는 학식을 사 주마."

"그래."

바깥으로 나오는 노형진. 그러나 얼마 가지 않아서 현실의
벽에 부딪쳐야 했다.

"학교 식당이 어디에 있더라?"

"여긴 네가 다니는 학교거든?"

길치의 벽은 너무나도 높았다.

역전 재판

"수고했네."

"별말씀을요."

또 하나의 사건이 끝났고 노형진은 미소를 지으면서 손을 들었다.

"그래도 자네는 괴물 같은 사람이야."

"괴물이라니요."

"승률이 97%라니."

딱히 이길 수 있는 사건만 담당하는 것도 아니다. 그런데도 노형진은 어떤 식으로든 법을 짜 맞춰서 승리를 이끌어 낸다.

"그나저나 사무실은 구하고 있나요?"

"구하고 있네. 뭐, 조만간 구해질 것 같아."

사건이 많아지면서 새론에는 사람이 점점 많아지고 있었다. 변호사가 새로 들어오면 그를 보좌해 주는 사람도 와야 하기 때문이다.

"일단은 분점 형태로 내야 할 것 같아. 이쪽은 영 가격이 비싸서 말이야."

그 말에 노형진은 고개를 끄덕거렸다.

"어차피 재판은 전국에 있으니까요."

분점 형태로 적당하게 분배한다면 빠른 대응이 가능할 것이다.

"그 부분은 내가 알아서 할 테니 자네는 체계화에 힘써 주게. 안 그래도 자네가 만들어 둔 패턴 덕분에 승률이 확 올라갔어."

"그게 목적이었으니까요."

사건의 패턴을 읽고 그에 대응하며 사건의 변화에 적응한다. 그렇게 그것이 제대로 돌아가기 시작하자 몇몇 패턴들이 결정된 사건들의 승률이 무서울 정도로 올라가기 시작했다. 과거에는 개개인이 그걸 깨달아야 했지만 이제는 공유하기 때문이다.

"일단은……."

노형진이 다음 재판을 준비하고 있을 때였다.

"노 변호사."

"네?"

갑자기 남상주 변호사가 들어오면서 얼굴을 찌푸렸다.

"사건이 들어왔는데……."

"그거야 뭐, 적당하게 배당하시면 되잖습니까?"

"자네 지명이야."

"제 지명요? 제가 모든 걸 다 할 수는 없지 않습니까?"

노형진의 이름이 점점 알려지면서 그를 지명하는 조건으로 사건을 주는 사람도 나타났다.

노형진 역시 가능하면 대응하려고 하지만, 인간적으로 혼자 다 감당할 수 있는 양이 아니었기 때문에 설득해서 다른 사람들에게 돌리든가 포기하든가 해야 했다. 그래서 보통은 이렇게 사건을 가지고 오는 경우가 드물었다.

"그게 말이야, 지난번 그 사건이야."

"지난번 그?"

"강도 치사."

노형진은 얼굴을 찌푸렸다. 강도 치사라고 할 만한 사건 중 해결되지 않은 사건이 딱 하나뿐이기 때문이다.

"왜 다시 온 거랍니까?"

"졌다나 봐."

"'졌다나 봐.'가 아니라 질 수밖에 없잖습니까?"

재판은 나흘 남았는데 난데없이 끼어든 변호사가 뭘 어쩌겠는가?

"그렇다면서 다시 왔는데."

"거절하세요."

"거절?"

의외의 말에 남상주는 깜짝 놀랐다. 아는 사람이 부탁한 사건이라서 받아 줄 거라 예상했기 때문이다.

하지만 노형진의 생각은 달랐다.

"아는 사람이 부탁받고 제게 부탁한 것뿐입니다. 사실상 저와는 전혀 관계가 없죠."

"기분 나쁘다고 거절하기는 좀……. 다급한 모양이던데."

"기분 나쁘다고 거절하는 게 아닙니다. 애초에 저쪽과 저는 믿음이 깨졌습니다. 말했잖습니까?"

"하긴."

믿음이 깨진 관계는 절대로 오래가지 못한다. 더군다나 믿음을 깬 건 자신이 아니라 저쪽이다.

"일단 거절하겠네."

"네."

그냥 지나가는 사건으로 취급해 버린 노형진이었기에 그 사건은 그렇게 잊혀 버렸다.

그러나 상황은 엉뚱하게 돌아갔다.

"형진아?"

"여보세요. 채림이냐? 지금 시간이 몇 시인데……."

잠결에 일어나 전화를 받고 시계를 보니 새벽 2시였다.

"또 길을 잃어버렸냐?"

이런 경우는 십중팔구 길을 잃어버린 것이기에 노형진은

일어나서 주섬주섬 옷을 입기 시작했다.

'아니, 이게 뭐야…… 사귀는 것도 아니고……. 그렇다고 제대로 말도 못 하는데 벌써부터 셔틀 노릇이냐?'

가끔은 자조적인 웃음이 나왔지만 어쩌겠는가, 도와 달라는데.

"그게 아니라 지난번에 부탁한 사건 있잖아."

"부탁한 사건?"

"응."

잠결에 사건을 더듬던 노형진은 그녀가 부탁한 사건이 하나뿐이라는 사실을 깨달았다.

"그건 끝났잖아?"

"그거 때문에 나한테 전화 오고 난리야, 지금."

"뭐?"

순간 정신이 퍼뜩 깨는 노형진이었다. 그쪽에서 왜 그녀에게 전화한단 말인가?

"사건에서 졌다고 2심 들어간다는데 제발 한 번만 봐 달래."

"그거야 그쪽 사정이지. 근데 왜 널 괴롭히는데?"

"내가 소개시켜 준 사람이 너잖아."

"끄응……."

이야기를 들어 보니 기가 막혔다.

1심에서 이루 말할 수 없을 만큼 깨졌단다. 그 결과, 13년이라는 중형이 나왔다.

'원래 강도 치사죄가 형벌이 세긴 하지.'

하여간 기겁해서 그제야 제대로 된 변호사를 찾기 시작했는데, 강도 치사라는 강력 범죄에 1심 패배라는 상황에서 제일 싸게 부른 사람이 1,500만 원이란다.

"그래서 나한테 다시 오겠다?"

"그래."

"장난하는 것도 아니고."

새론은 무조건 300만 원이다.

물론 승소 비용으로 어느 정도 받기도 하지만 그건 다른 사람들과 다르게 계약서에 기재하는 게 아니라 의뢰인이 감사의 의미로 주는 팁일 뿐이다.

"네 연락처는 어떻게 안 거야?"

"선배가 줬대."

"미친! 개인 정보 보호법도 모르나?"

"개인 정보 보호법?"

"아…… 아니다. 착각했어."

아직은 개인 정보 보호법이 생길 시점이 아니다. 그러니 줬다고 해도 처벌할 규정이 없다.

'그래도 그렇지.'

이런 경우에는 자신에게 부탁하며 정중히 뜻을 전해 줘야 하는 거지, 귀찮다고 냅다 남의 전화번호를 던져 주는 건 예의가 아니다.

이것이 법이다.

"좀 불쌍해서 그런데 네가 봐주면 안 될까?"

"뭐가 불쌍해? 그 담임이라는 인간은 뭐라는데?"

"선배? 엄밀하게 말하면 이젠 자기 제자가 아니래. 학교에서 퇴학 처리가 결정된 모양이야."

그 말에 노형진은 얼굴을 찌푸렸다. 이용해 먹을 가치가 없다고 판단되니 가차 없이 내쳐진 것이다.

'착하게 본 내가 바보지.'

아무래도 채림의 아버지에게 접근하는 게 목표라는 추측이 진짜였던 모양이다.

"나 바쁜데……."

"바빠도 한 번만 봐주면 안 될까? 애가 얼굴이 반쪽이 돼서 그래."

"그걸 또 보고 왔냐?"

"뭐, 어쩌다 보니……."

"이그……."

채림이 그렇게까지 말하니 거절하기도 미안했다.

"알았다."

"생큐!"

⚖️

"쯧쯧."

노형진은 완전히 새파랗게 질려 버린 유철진을 보면서 혀를 끌끌 찼다.

13년 형.

그의 나이가 19세여서 법적 미성년자를 벗어나는 바람에 처벌이 강해진 것이다.

"흑흑흑."

인생이 끝난 것이나 다름없다는 사실에 눈물을 흘리며 후회했지만 이제 철진이 할 수 있는 건 없었다.

"그만 울고 다시 해 봅시다."

"변호사님."

"거봐요. 내가 말했잖습니까, 당신 담임이라는 인간은 제3자라고."

그가 가장 크게 충격받은 건 담임의 행동이었다.

변호사를 소개시켜 준다고 해서 믿었는데, 재판이 끝나자마자 퇴학이 결정되었다면서 다시는 연락하지 마라고 말했던 것이다.

"뭐, 일단 제대로 2심을 준비해 봅시다."

"이길 수 있을까요?"

"해 봐야지요."

노형진은 1심 변호사의 답변서를 보고 혀를 끌끌 찰 수밖에 없었다.

아니나 다를까, 날림으로 만든 흔적이 여기저기 보였다.

일반인에게는 어려운 문구로 가득한 법률 문서로 보이지만, 결과적으로 정리하면 어리고 불쌍하니까 봐 달라는 게 주요 내용이었다.

'하긴, 별수 없지.'

재판 개시하기 이틀 전에 받아서 뭘 할 수 있겠는가?

"변호사님…… 죄송해요…… 제가 그때 못 믿어서…….."

"사람이 사는 데에 있어서 믿음이 최우선입니다. 그 부분은 이참에 잘 배웠다고 생각하세요."

"네, 꼭…… 꼭! 변호사님을 믿겠습니다."

"그러니까 이제 사건을 다시 한 번 정리해 봅시다."

⚖

"흠…… 여기란 말이지?"

사건의 현장.

그곳에 노형진은 주변을 둘러보았다.

어두컴컴한 골목. 그 안에 쓰러진 노인 한 명.

"철진아!"

"선배! 어떻게 된 거예요?"

"그…… 그게 갑자기 나타나서 도망가려고 밀었는데……."

변명을 하는 선배의 눈.

'철진이었나?'

자신이 읽어 낸 기억의 주인은 철진이었던 모양이다.

"안 일어나. 네가 어떻게 좀 해 봐. 너 구급치료법을 배웠다면서."

"네."

노인에게 달려가는 철진. 그는 노인을 내려다보았다. 그리고 그 모습을 본 노형진은 얼굴을 찌푸렸다.

'사고가 아닌데?'

사고였다면 이런 식으로 다칠 수 없다.

머리 한가운데서 흥건하게 흐르는 피.

그런데 어두워서 그런지 철진은 그걸 보지 못하고 인공호흡부터 흉부 압박까지 살리기 위한 모든 노력을 다 하고 있었다.

'응?'

그 순간 얼핏 고개를 돌렸을 때 보이는 작은 가방.

소위 말하는 '쌕'이라고 하는 허리에 매는 가방이었다.

그런데 그걸 본 노형진은 그게 뭔지 단번에 깨달았다.

'퍽치기군.'

퍽치기.

뒤에서 뭔가로 가격해서 기절시키고 도둑질을 해 가는 행위. 그 과정에서 수많은 사람들이 죽는다. 그리고 얼핏 보기에 그 쌕은 이상하게 형태가 네모난 형태였다. 아무리 봐도 안에 벽돌이 든 것 같았다.

'그렇게 된 거군.'

허리춤에 쌕을 차고 있다가 그걸 풀어내면 하나의 훌륭한 흉기가 된다. 길이도 길고 무게도 있어서 돌리면서 내려치면 어지간한 사람은 한 방에 뻗는다.

"훅훅훅!"

땀을 뻘뻘 흘리면서 심장 압박을 하는 철진. 그리고 사방에 뿌려지는 철진의 흔적들.

'쯧쯧.'

이런 식으로 행동했으니 사방에 유전자가 뿌려질 수밖에.

"응?"

그러는 사이 선배라는 인간들이 두런두런 이야기하더니, 어둠 속으로 몸을 피하는 것이 보였다.

잠시 후 뒷골목에서 '부다다당.' 하는 오토바이 소리가 들렸다.

'튀었군.'

하지만 철진은 그것도 모르고 어떻게 해서든 살려 보겠다고 최선을 다하고 있었다. 그러는 사이.

애애앵!

저 멀리 들리는 경찰차의 소리.

골목 너머가 소란스러워지더니, 순경 두 명이 골목으로 뛰어들어 왔다. 누군가가 신고한 것이리라.

'어쩌면 그 녀석들이 한 걸지도 모르지.'

보아하니 철진에게 뒤집어씌우려고 작정한 것 같았다. 강
도 살인에 대한 처벌은 엄청나게 강하기 때문이다.

"아저씨, 여기요! 빨리요!"

철진이 소리를 지르면서 경찰을 부르는 걸 끝으로 노형진
은 기억에 대한 영사를 끝냈다.

"거짓말을 한 건 아니군."

철진의 말대로 그가 도착했을 때 노인은 벌써 죽어 가고 있
었다. 도리어 유철진은 그를 살리기 위해서 노력한 것이다.

"멍청한 놈들."

과학수사를 조금만 도입했다면 뭐가 문제인지 알았을 것
이다. 그런데 그냥 대충 서류를 넘기는 바람에 졸지에 철진
이 뒤집어쓴 것이다.

"퍽치기라……."

퍽치기는 단순 강도와 다르다.

단순 강도가 위협을 통해서 돈을 뜯어 가는 행위라면, 퍽
치기는 아예 상해를 입혀서 기절시키고 빼앗아 간다는 것.
반대로 말하면 누구 하나 죽어도 상관없다는 의미이기도 하
다. 그렇기 때문에 강도 상해에 대한 처벌이 강한 것이다.

"결과적으로…… 그 녀석들이 범인이라는 건데."

신분에 대해서는 철진이 이야기해 준 덕분에 알고 있다.
문제는 그 녀석들이 했다는 증거를 찾는 것이다.

"뭐, 대충 어디부터 시작해야 하는지 알겠네."

노형진은 허리를 펴고 일어났다. 이제 본격적으로 움직여야 할 시간이 된 것이다.

"그 녀석들?"

"네."

"유명하지. 아주 골칫덩어리야."

노형진은 주변에 있던 오토바이 가게로 가서 가해자들에 대해 질문했다. 아니나 다를까, 당장 이야기가 나왔다.

"맨날 쏭카 타고 다니면서 사고를 쳐 대니."

쏭카에는 두 가지 의미가 있다. 아주 빠른 오토바이, 아니면 불법으로 개조한 오토바이.

"개조 오토바이죠?"

"어떻게 알았나?"

"그냥 그럴 것 같았습니다."

'역시.'

모든 자동차들과 오토바이들에는 속칭 '마후라'라는 소음기가 달려 있는데, 이는 엔진에서 나오는 소리를 줄여 주는 역할을 한다. 그런데 기억 속에서 들은 그 오토바이 소리는 절대 줄어든 소리가 아니었다.

'이런 놈들이 보통 소음기를 떼고 주행하지.'

있어 보이려고, 자신을 어필하려고, 그런 양아치들이 소음기를 떼고 달리는 건 흔한 일이었다.

"혹시 그것과 관련해서 진술서 좀 써 줄 수 있으신지요?"

"그거야 어렵지 않네만 왜? 그 녀석들이 무슨 사고를 쳤나?"

"사람을 죽였습니다. 아마도요. 의심 중입니다만."

"사람을 죽여?"

순간 얼굴이 딱딱해지는 남자.

"네, 얼마 전 퍽치기 사건 있죠? 그 녀석들이 범인인 것 같습니다."

"그럴 리가 없네."

"네?"

보아하니 그 녀석들에게 우호적이지는 않은 듯했다.

그런데 그럴 리가 없다고 그들을 두둔하다니? 이해할 수 없는 행동이었다.

"설마 그 녀석들이 다른 장소에 있었다는 건가요?"

그럼 자신이 아는 작자들이 범인이 아니라는 소리다.

'하지만…….'

개인의 신상은 철진이 알려 줬다. 그렇다면 철진이 거짓말을 했다는 소리다.

물론 형진 자신도 개인 신상은 알지만 그들의 얼굴을 다 아는 건 아니니 기억을 읽는다고 해서 그들이라고 확신할 수는 없었다.

"아니, 그거야 나야 모르지."

"그런데 왜 그들이 아니라고 생각하십니까?"

"당연하지. 죽은 사람이 그 녀석들 중 한 명의 할아버지거든."

"네?"

생각지도 못한 말에 노형진은 너무나도 놀랄 수밖에 없었다.

'기가 막히군.'

단순한 퍽치기 사건이라고 생각했다. 그런데 가해자 중 한 명이 손자라는 사실에 그는 할 말이 없었다.

"그렇단 말이지……."

주변 조사 결과, 또 새로운 사실이 드러났다. 그 할아버지는 가게를 운영하고 있으며 퇴근할 때 돈을 가지고 나온다는 것이다.

'그런데 조서에는 돈 이야기가 없었다?'

조서에는 퍽치기를 목적으로 어쩌고저쩌고되어 있었지만 정작 퍽치기의 목적이 되는 돈에 대해서는 한마디도 없었다.

즉, 누군가 돈을 들고 갔다는 소리다.

'더군다나 돈을 가지고 있는 걸 알고 있었다는 소리인데.'

매일같이 같은 시간에 같은 길을 따라서 퇴근하는 것이라면 누군가 그가 돈을 가지고 있다는 사실을 알 확률이 높다. 결코 우연히 접근한 게 아니라는 뜻이다.

"철진이 네가 봤을 때는 어때?"

"몰라요. 승덕이 형이 할아버지랑 사이가 안 좋다는 이야기는 들었지만."

"그래?"

"네, 할아버지가 유언장에서 승덕이 형을 빼 버렸다는 이야기도 있고."

"하긴……."

주변에 알아보니 그의 할아버지는 말 그대로 자수성가한 타입이다. 그런데 손자는 생양아치이니 좋아할 수가 없었으리라.

"그 녀석이 타는 게 마후라를 제거한 쏭카지?"

"네, 세 명 다요."

"흠……."

노형진은 조용히 침묵했다.

머릿속에서 수많은 생각이 왔다 갔다 한 결과, 한 가지 결과가 도출되었다.

"함정이다."

"네?"

"이거 함정이라고. 경찰이 출동한 것 자체가 아예 널 함정에 빠트리려고 한 거야."

"어…… 어째서요?"

그래도 형님이라고 믿고 따랐다. 그런데 왜 자신을 함정에 빠뜨린단 말인가?

"그거야 수상한 살인 사건이 나면 가장 먼저 의심하는 게 주변 인물 중 사이가 안 좋고 행실 나쁜 사람이니까. 그리고 조사해 보면 그날 저녁, 그 세 명의 행적이 이상한 건 드러날 테니까."

이것이 법이다

"서…… 설마!"

"상식적으로 범죄를 저지르고 전화해서 누군가에게 도움을 청한다? 말도 안 되지. 퍽치기의 목적이 뭔데? 기절시켜서 돈을 빼앗고 자신을 기억하지 못하게 만들기 위해서 그러는 건데 제3자를 불러서 도와 달라고 한다? 말도 안 되지."

그 말에 부들부들 떠는 철진.

"보아하니 처음부터 너한테 뒤집어씌울 작정이었던 것 같다. 그래야 사건의 흐름도 맞는 거고."

"모…… 몰랐어요……. 저번 변호사님도 그런 건 말해 주지 않으셨어요……. 그냥 반성만 하라고……."

'당연하지.'

전 변호사는 오토바이에 대해서도, 가족 관계에 대해서도 몰랐다. 그러니 이런 결론이 나올 수가 없다.

"흑흑흑."

"짜샤, 울지 마. 그래도 길은 보이잖아."

"길이 보인다니요?"

"그래, 솔직히 이젠 길이 보인다."

처음에는 길이 아예 보이지 않는 것 같았다.

하지만 상대는 애송이들이다. 그들이 어떻게 움직이는지 노형진은 예측할 수 있었다.

"일단 내가 알아서 방어할 테니까 넌 집에 갈 준비나 하고 있어."

"변호사님……."

울먹거리는 눈빛으로 바라보는 유철진.

믿었던 사람들에게 배신당하면서 나락으로 떨어졌는데 노형진은 그를 믿어 주고 있었던 것이다.

"뭐, 자기들이 어떻게 하든 실수는 하기 마련이지."

상대방이 전문 범죄자가 아니라면 그들이 행동하는 패턴은 뻔할 수밖에 없었다.

"야야야."

"넥타이가 비뚤어진 것 같다."

"켁, 방향을 잡아 주는 거냐, 아니면 내 목을 조르는 거냐?"

"호호호."

손채림은 법원에까지 와서 노형진을 도와주고 있었다.

"도대체 왜 여기까지 온 거야?"

"당연히 와야지, 내가 부탁한 사건인데."

"얼마나 걸렸냐?"

"네 시간."

"……."

전철타고 길어야 한 시간이면 올 거리를 네 시간이나 걸려서 오다니.

"그래, 잘 왔다. 일단 끝나면 맛있는 거나 먹으러 가자."

"오오! 오길 잘했다."

"기다려."

노형진은 옷을 가다듬으면서 심호흡하고 마음을 가다듬었다. 이제 법정에 들어가 2심에서 싸움을 끝낼 예정이었다.

'뭐, 3심까지 갈 필요는 없겠지.'

확실하게 재판을 끝내 버리면 검사 측도 3심은 포기할 것이다.

"손채림, 여기서 뭐 하냐?"

"어? 오…… 오빠?"

그런데 들리는 낯선 남자의 목소리와 당황한 손채림의 목소리.

'오빠?'

노형진은 고개를 갸웃했다. 채림에게는 오빠가 없다. 남동생이 하나 있을 뿐이다. 그런데 오빠?

"오빠가 여기에 어쩐 일로?"

"내가 그럼 여기 있지, 어디 있겠니? 검사가 재판하러 오지, 놀러 오지는 않지."

"그…… 그런가? 에헤헷."

애써 어색한 미소를 지어 보이는 손채림.

"그 녀석은 뭐야?"

남자는 손채림 옆에 있는 노형진을 지그시 노려보았다.

"아…… 이쪽은 노형진. 내 친구. 변호사야. 이쪽은 광문식 검사."

"반갑습니다. 노형진입니다."

일단 연장자이니 인사를 건네는 노형진. 그런데 광문식은 대답하는 대신 노형진을 노려볼 뿐이었다.

"자네가 그 소문의 변호사군."

"네?"

"요즘 한창 주가를 올리는 천재 변호사."

"뭐…… 운이 좋은 거죠."

"그렇겠지. 하지만 운이 좋은 것도 여기까지인 것 같군."

"무슨 말씀이신지?"

"이따가 보지. 채림이 너도 나중에 보자."

차가운 얼굴로 스윽 들어가는 광문식을 보면서 노형진은 기가 막혔다.

"뭐, 저딴 자식이 다 있어?"

검사들이나 판사들이 콧대가 높은 건 알고 있다.

하지만 자신 역시 사법연수원 출신으로 동급이라 할 수 있는 사람이다. 그런데 이렇게 철저하게 개무시를 하다니.

"에헤헤…… 이해해."

"이해? 뭘 이해를 해? 저 인간, 뭐야? 네 친오빠는 아닐 거고."

"친오빠는 아니지……. 그냥 아는 오빠, 아니 아는 오빠이고만 싶은 오빠."

"아는 오빠이고만 싶은 오빠?"

보아하니 더 이상 알고 싶지 않은데 저쪽에서 들이댄다는 뉘앙스가 아닌가?

"누군지 아는 거야?"

"아빠가 하도 만나 보라고 해서 두어 번 만났어."

"뭐?"

"솔직히 난 싫거든. 완전 얼음이라니까? 재미도 없고. 근데 아버지는 무조건 만나래."

그 말에 약간 얼굴을 찌푸리는 노형진이었다. 그 순간 스치고 지나가는 기억.

"설마?"

재빨리 사건 기록을 확인한 노형진은 얼굴을 찌푸렸다.

"이번 사건은 나와 안 맞는 모양이다."

"응?"

"그런 게 있어."

사건 기록에 담당 검사의 이름이 광문식이라고 떡하니 박혀 있었던 것이다.

⚖️

"개정합니다."

드디어 재판이 시작되었다.

건너편에서 자신을 무섭게 노려보는 광문식을 보면서 노형진은 고개를 흔들었다.

'이번 사건은 진짜 나랑 무슨 원한이라도 있는 건가?'

선배라는 인간은 둘째 치고 담당 검사라는 인간까지 이딴 식이라니.

"피고인 측 변호인, 할 말 없습니까!"

순간 들리는 목소리에 노형진은 깜짝 놀랐다. 생각에 빠진 사이, 광문식의 말이 끝난 모양이다.

"없습니다. 모든 것은 증거가 이야기해 줄 테니까요."

그 순간 광문식의 얼굴에 떠오르는 비웃음.

하긴, 국과수에서 완벽하게 분석한 증거들이 그들에게 있기 때문이다.

"재판장님, 증거 갑제 1호증을 봐 주시기 바랍니다. 부검결과입니다. 피해자는 후두부 충격으로 인한 뇌부종과 가슴 부위의 압박골절이 발견되었습니다. 즉, 피고인은 1회 타격 후 쓰러진 피해자를 재차 폭행하는 잔악한 행동을 보였다는 뜻입니다. 쓰러진 피해자를 구타하여 가슴 골절을 일으켰을 뿐만 아니라 이를 방치하여 최종적으로 사망에 이르게 만들었습니다."

광문식은 노형진을 노려보면서 단호하게 말했다.

'하아, 진짜 개나 소나 왜 나한테 덤비는 건데?'

보통 이럴 땐 판사를 보기 마련이다. 그런데 자신을 본다는 건 자신을 도발하겠다는 소리다.

"피고인 측 변호인, 피고인 측 변호인은 이에 대하여 할 말 있습니까?"

노형진은 그 말에 일어났다.

"재판장님! 여기서 간단한 실험을 해도 괜찮겠습니까?"

"네."

"그럼 누군가의 도움이 필요합니다만, 경비분, 잠시 도와주시겠습니까?"

그 말에 고개를 끄덕거린 경비원이 앞으로 나왔다.

노형진은 그를 가운데에 세우고 주변을 보면서 천천히 입을 열었다.

"일단 이번 사건이 퍽치기 사건이라는 것을 모두들 알고 계실 겁니다. 퍽치기란 말 그대로 기습을 가하여 상대방을 무력화시키고 절도를 행하는 행위를 말합니다. 바로 이렇게 말이지요."

순간 경비원의 뒤에서 그를 확 밀어 버리는 노형진.

경비원은 앞으로 고꾸라질 뻔했으나 노형진이 잽싸게 잡아서 그렇게 되지는 않았다.

"보다시피 뒤에서 기습하는 경우, 사람은 앞으로 고꾸라지기 마련입니다. 검찰 측 증거에 따르면 피해자는 1회 가격으로 의식을 상실했습니다. 즉, 1회 가격을 당한 상황에서 앞으로 고꾸라져 자세를 교정할 수 있는 기회가 없었다는 뜻입니다."

노형진은 경비원에게 다가가서 다음 부탁을 했다.

"그럼 엎드려 주십시오."

"엎드려 달라고요?"

"네."

엉거주춤 엎드리는 경비원.

노형진은 방청석에 있는 사람들을 바라보았다.

"아무나 세 분만 나와 주시기 바랍니다."

"아무나?"

"네, 남자 세 분만요."

하지만 나오는 사람이 없었다.

"그럼 이렇게 하죠. 검사 측에서 한 분, 판사 측에서 한 분, 제가 한 분을 지명하겠습니다."

그렇게 지명된 사람들은 엉거주춤하게 앞으로 나왔다.

"자, 이제 쓰러진 피해자를 공격해 보세요."

"네?"

"진짜 공격하라는 게 아니고 공격하는 척하라는 겁니다."

"어떻게요?"

"원하시는 대로."

그 말에 서로를 보던 세 사람은 쓰러진 경비를 공격하는 시늉을 했다. 그러자 하나같이 똑같은 패턴을 보였다.

바로 쓰러진 사람을 발로 밟거나 차는 것.

"보다시피 쓰러진 사람을 공격하는 가장 확실하고 보편적인 방식은 그대로 누여 놓은 상태에서 발로 공격하는 것입니다. 발은 파괴력이 강할 뿐만 아니라 힘이 좋고 체중을 실을 수 있으니까요. 더군다나 반격하는 것도 쉬운 게 아니니까요."

확실히 시늉만 했음에도 불구하고 경비원의 옷 여기저기에 신발 자국이 보였다.

"그럼에도 불구하고! 검사가 제출한 증거 기록을 보면 어떠한 흔적도 나타나지 않습니다. 도리어 묻은 피와 흙을 제외하면 깨끗하지요. 그리고 상식적으로 일반적인 퍽치기라면 쓰러져서 정신을 잃어버린 순간 모든 것이 종료됩니다. 추가적으로 공격해서 가슴을 부러트리는 일은 있을 수 없는 일이죠."

그 말에 판사들은 서로를 바라보았다. 확실히 생각지 못한 부분이었기 때문이다.

'윽.'

광문식은 생각지 못한 말에 얼굴을 찌푸렸다.

퍽치기라는 것은 부정할 수 없는 사실이다. 그러나 퍽치기를 했다면 가슴뼈가 부러질 만큼 공격할 이유가 없다.

"하지만 재판장님, 피고인 측의 주장대로라면 피고인의 유전자를 비롯한 흔적이 없어야 정상입니다. 하지만 피고인의 유전자와 신체의 흔적이 여기저기에 있다는 것은 갑제 4

호증 유전자 검사 결과에도 나타나고 있습니다. 기록에 따르면 피고인의 공격으로 인하여 가슴 부위에 상당한 양의 유전자가 발견되었으며 땀으로 추정되는 흔적도 상당수 발견되었습니다. 피고인이 공격하지 않았다면 그 유전자가 발견될 이유가 없습니다."

반박하는 광문식.

확실히 그럴 만하다. 하지만 그건 그가 한 번도 누군가를 구해 본 적이 없어서 그렇게 말할 수 있는 것이다.

"재판장님, 증인을 부르고 싶습니다."

"인정합니다."

잠시 후 증인석으로 나오는 한 남자.

그는 낯선 재판정의 분위기에 두 눈을 데굴데굴 굴렸다.

"본인에 대해서 소개해 주시기 바랍니다."

"서울 강서 119 구급대에서 일하는 구한만입니다."

"그럼 직책은 뭐죠?"

"긴급 구조사입니다."

긴급 구조사라는 말에 뜻을 이해하지 못한 얼굴이 된 광문식.

'그러니까 문제인 거다.'

애초에 구조 절차 자체를 모르니 어떤 상황과 흔적이 남는지 모르는 거다. 그러니 '유전자=범인'이라는 단순한 생각을 하는 것이고 말이다.

'하긴…… 미래라고 달라진 게 없지.'

사람들 대부분은 긴급 구조에 대해서 모른다. 심지어 구조 과정에서 사람이 다쳤다고 적반하장식으로 돈을 내놓으라고 고소하는 놈들도 있을 정도니까.

"긴급 구조사라고 하셨으니 시범을 부탁드려도 될까요?"

그는 고개를 끄덕거렸다.

잠시 후 바닥에는 연습용 마네킹 하나가 놓였다.

"이건 더미라 불리는 것으로, 응급 구조사들이 심장마사지를 연습할 때 쓰는 겁니다."

"심장마사지?"

"그렇습니다."

물론 여기 있는 사람들 대부분은 이걸 모를 거다. 그럴 수밖에 없는 게, 워낙 고가인 데다가 이 시대에는 예비군 훈련장에서도 이런 걸 연습시키지 않기 때문이다.

'나도 전생의 예비군 훈련장에서 딱 두 번 봤지.'

그마저도 사용법만 알 뿐, 써 보지는 못했지만. 하여간 그러니 이걸로 연습한다는 건 이해하지 못할 것이다. 하물며 평생 법전만 끼고 산 검사나 판사는 더더욱 그렇다.

"이걸로 심장마사지 시범을 보여 주십시오."

"제대로 할까요?"

"네."

그 말에 구한만은 더미를 놓고 강하게 압박하기 시작했다.

그리고 채 3분도 지나지 않아서 그의 얼굴에는 땀이 송골송골 맺히더니, 나중에는 아예 뚝뚝 흘러넘치기 시작했다.

"그만. 이 정도면 될 것 같습니다. 감사합니다."

땀이 흘러넘치는 그를 정지시킨 노형진은 그에게 휴지를 건네줬다.

"보시다시피 심장마사지는 극도로 체력이 소모되는 운동입니다. 전신의 힘을 다 동원하여 한순간 폭발적으로 눌러야 하기 때문에 이런 식으로 엄청난 양의 땀을 쏟아 낼 수밖에 없습니다. 피고인 측이 수차례 심장마사지를 했다고 주장했음에도 불구하고 원고 측은 명확한 증거가 없다고 했습니다. 하지만 이렇게 엄청난 양의 유전자가 발견될 정도로 피고인은 상당한 양의 땀을 흘려 가면서 심장마사지를 시행한 것입니다."

"하지만 갈비뼈가 부러졌습니다. 상식적으로 사람을 구하는 게 상해를 입힌다는 것은 말도 안 됩니다, 재판장님."

광문식은 말을 끊었다. 노형진은 그 말에 증인을 바라보았다.

"증인, 심장마사지에서 갈비뼈가 부러질 확률이 얼마나 되지요?"

"80% 이상입니다."

"80% 이상요?"

"그렇습니다. 특이하게 뼈가 유연한 경우가 아니면 대부분 뼈가 부러집니다. 특히 성인이 되어 뼈가 완전히 굳어지고 약해지면 100% 부러진다고 봐야 합니다."

"왜 그런 겁니까?"

"심장마사지라는 것은 기본적으로 심장을 눌러서 압력을 만들어 피를 강제로 온몸으로 돌리는 작업입니다. 즉, 심장이 눌리지 않는다면 아무런 의미가 없는데 갈비뼈는 심장을 보호하는 위치에 있으니 심장이 눌릴 정도로 압력을 전달하려면 갈비뼈가 부러질 수밖에 없지요. 그래서 사람이 아닌 더미를 이용해서 훈련하는 겁니다. 사람을 통해 훈련하면 갈비뼈가 부러질 테니까요."

"그럼 그런 심장마사지 후의 상태는 어떻게 나타나지요?"

"보통은 가슴 중심을 기준으로 하여 양옆에 골절이 나타납니다."

"이렇게 말이지요?"

노형진은 사진 한 장을 꺼내 들었다. 그리고 그걸 받아 든 증인은 잠시 보더니 고개를 끄덕거렸다.

"그렇습니다. 전형적인 사례입니다."

"재판장님, 이 사진은 병원에서 받은 사진으로, 사진의 주인은 심장마비가 발생한 후 15분간 심장마사지를 받으면서 긴급 후송된 사람입니다. 그는 다행히 생존했으나 보다시피 갈비뼈 골절이 나타났습니다."

노형진은 그 엑스레이 사진을 들고 주변에서 볼 수 있게 만들었다. 그러고는 자신의 자리에 가서 다른 사진을 꺼내 들었다.

"이 사진은 부검 당시 사망자의 가슴 부분을 찍은 사진입니다. 보다시피 흉곽을 기준으로 비슷한 형태의 골절이 발생하였습니다. 상식적으로 상대방을 폭행하려면 한쪽으로만 폭행하지, 이런 식으로 넓은 부위에 폭행을 가하지는 않습니다. 즉, 검찰 측이 폭행의 증거라면서 제출한 이 사진이야말로 피고인이 심장마사지를 하면서 생명을 구하려고 했다는 가장 확실한 증거가 될 것입니다."

"헉!"

자신의 가장 확실한 증거가 도리어 변호사에 의해 뒤집히면서 그의 증거가 되어 버리자 광문식은 '헉.'하고 소리를 내고 말았다.

"흠……."

판사들은 두 사진을 비교하기 시작했는데, 아무래도 나이 차와 체격 차가 있어서 좀 달라 보일지도 모르지만 갈비뼈 부위에 난 파손의 흔적은 완벽할 정도로 똑같았다.

'타액이 있으면 좋겠지만.'

인공호흡을 했으니 그 안에 타액이 있으면 좋겠지만 벌써 장례식까지 치른 마당에 그 흔적이 있을 리가 없다. 그나마 다행인 건 노형진이 갈비뼈를 안 부러뜨리고 심장마사지를 하는 게 거의 불가능하다는 걸 기억하고 있었다는 것이다.

"친애하는 재판장님, 하지만 이 부분을 아셔야 합니다. 피고인은 현장에서 붙잡혔습니다. 사고를 치고 난 후, 양심의 가책을 느끼고 계획을 변경하여 구조 행위를 진행하였다 하더라도 그것이 결코 범죄 사실 불성립의 조건이 되지는 않는 다는 것입니다. 갑제 12호증에서 보다시피 피고인이 평소 타고 다니던 오토바이인 혼다 슈퍼커브의 경우, 차대 번호 조회 결과 도난품으로 판명되었습니다. 즉, 피고인은 원래부터 범죄자로서 경력이 있다는 뜻이고…….”

그 말에 노형진은 유철진을 바라보았다. 듣지 못했던 이야기였기 때문이다.

하지만 유철진 역시 당황한 얼굴이었다.

“아니에요!”

“아니라고?”

“네! 진짜예요! 선배들이 싸게 사라고 해서 산 거지, 진짜로 도둑질해서 가지고 온 거 아니에요!”

“끙…….”

변호사는 이럴 때가 곤혹스럽다. 자신이 알지 못하는 뭔가가 나오는 상황.

“그 부분은 나중에 해결하자.”

보아하니 광문식은 그에게 범죄자의 이미지를 뒤집어씌우려는 모양이다. 물론 이는 당연한 전략이다.

“즉, 피고인이 이전에도 범죄 활동을 하였다는 것은 부정할 수 없는 사실입니다. 이상입니다.”

광문식은 집요하게 유철진이 범죄자라는 것을 공략했고 판사들 역시 고개를 끄덕거렸다. 원래 범죄는 바늘 도둑이 소도둑 된다는 말처럼 점점 커져 가기 때문이다.

"친애하는 재판장님, 피고인의 주장에 따르면 해당 오토바이는 피고인이 범인으로 지목하고 있는 선배 중 한 명이 판매한 것이라고 합니다. 그러니 그걸 이유로 범죄자라는 선입견을 가지지는 말아 주시기 바랍니다. 그리고 검찰 측은 피고인이 범죄자 집단에 연루되어 있었던 것처럼 말하고 있지만 명확한 증거는 없습니다."

"이번 사건이 그 증거입니다."

"이번 사건은 피고인 유철진 군이 퍽치기의 가해자냐, 아니면 선한 사마리안으로서 그를 구하기 위해서 노력한 것이냐를 다루는 것이지, 유철진 군이 범죄 집단에 속해 있었느냐 아니냐를 다루는 것이 아닙니다."

그러나 사람들의 시선은 차가웠다. 그에게 범죄자의 이미지를 뒤집어씌우기에 성공한 것이다.

'젠장.'

그래도 민사는 범죄자라는 이미지에 관련된 문제가 덜하지만 형사는 다르다.

'그런 식으로 나온다면 나도 별수 없지.'

방법이 없는 건 아니다. 다만 이 방법은 써 봐야 좋은 꼴 못 보기 때문에 언급하지 않으려고 했던 것인데, 지금은 어쩔 수 없었다.

"친애하는 재판장님, 아까도 말씀드렸다시피 이번 사건은 퍽치기 사건입니다."

"그렇습니다."

"그리고 퍽치기의 궁극적인 목적은 금전입니다. 검찰 측 기록에 따르면 피고인은 현장에서 현행범으로 붙잡혔습니다. 그럼 그 돈은 어디에 있을까요?"

"그거야 주머니에서 나왔지요."

광문식은 느긋하게 말했다.

당시 유철진의 주머니에서 무려 22만 원이라는 큰돈이 나왔기 때문이다. 만일 퍽치기가 아니라면 그런 큰돈을 가지고 다니는 고등학생이 어디 있겠는가?

"증거에 따르면 피고인은 검거 당시 22만 원하고도 1,800 원을 가지고 있었습니다. 확실히 일반적인 19세 학생이 가지고 있는 것치고는 적지 않은 돈입니다."

광문식은 드디어 노형진이 잘못을 인정할 거라고 생각했다.

'그러니까 협상하자고 할 때 할 것이지.'

협상이란 자신의 죄를 인정하는 대신 형량을 거래하는 것을 말한다. 자기는 편해서 좋고 범죄자는 형량이 줄어서 좋은 것이다. 그러나 유철진은 끝까지 협상을 거부했다. 그 덕분에 13년 형이라는 긴 형량이 나온 것이다.

"그럼 나머지는 어디 있습니까?"

"나머지?"

순간 어리둥절한 얼굴이 된 광문식.

나머지라니? 들어 보지 못한 말이다.

"피해자는 가게를 경영하는 사람이었습니다. 그 시간에 그곳에 있었던 것 또한 매일 같은 시간에 수금하러 다니는 것 때문이었습니다. 즉, 그는 매일같이 상당한 액수를 들고 그 길목을 오갔다는 것입니다."

"그런데요?"

"그런데 피고인은 그곳에 대해서 전혀 알지 못합니다. 원래 사는 곳과 거리가 있을 뿐만 아니라 근무처도 아니며 학교 근처도 아닙니다. 일반적인 행동을 보았을 때 그가 거기에 갈 이유가 없는 것입니다."

"하지만 우연히 피해자를 발견하고 공격한 것일 수도 있습니다."

"그럼 그 나머지 돈은 어디 갔을까요? 상가에 확인한 결과 그날 수입금은 무려 120만 원. 그중 90만 원을 피해자가 들고 나갔습니다."

그 말에 광문식의 얼굴이 미묘하게 떨렸다. 몰랐던 사실이기 때문이다.

'이게 문제지.'

한국은 형사사건이 진행되면 피해자 측은 철저하게 배제된다. 그러니 주요한 정보를 듣지 못하는 것이다.

설사 참고인을 조사한다 할지라도 주변 사람들을 다 부르는 게 아니다. 더구나 가족들도 피해자가 수금하는 건 알고 있었지만 피해자가 혼자 살았기 때문에 그 이상의 자세한 정보는 몰랐다.

"피고인이 현장에서 현행범으로 잡혔다면 그 돈을 감추거나 처분할 시간이 없었을 겁니다. 그러나 피고인에게서는 그 반의 반도 안 되는 돈이 나왔을 뿐입니다. 그럼 다른 돈은 어디로 간 걸까요?"

"그거야 공범이 있겠지요."

무심결에 방어를 위해서 말을 꺼낸 광문식은 아차 싶었다.

"그럼 그 공범은 어디 있나요? 검찰은 공범이 있다는 사실을 알면서도 왜 사건을 진행시키지 않고 피고인만 처벌하고 끝내려고 할까요?"

"그……."

물론 그건 아니다.

수금한다는 것도, 그날 수금액이 그렇게 많다는 것도 처음 알았다. 그러니 어떻게든 공소를 유지시키기 위해서 공범 이야기를 한 것인데, 노형진의 말장난 때문에 졸지에 검찰이 뇌물을 받고 사건을 무마시키거나 일을 제대로 하지 않는 무능한 집단이 되고 만 것이다.

'욱!'

순간 화난 표정이 된 광문식. 그걸 보면서 노형진은 입맛을 다셨다.

'이래서 이 방법은 안 좋은데.'

검찰이나 경찰은 자존심이 세다. 세다 못해 아예 잘못을 인정하지 않는다. 실제로 엉뚱한 사람을 살인 사건의 가해자로 잡아넣고는 나중에 진범이 자수하자 자기들의 잘못을 감추기 위해서 자수를 없던 일로 하고 훈방시킨 사건도 있다.

즉, 자신들의 무능이나 부도덕이 드러나는 걸 무척이나 싫어하는 것이다. 그런데 노형진이 슬쩍 그쪽을 건드린 것이다.

"그럼 그 공범은 어디에 있는지 말씀해 주실 수 있겠습니까?"

기왕 척을 지기로 한 거, 노형진은 대놓고 물어봤다. 물론 광문식은 할 말이 없었다. 설마 공범이 있으리라고는 생각하지 못했기 때문이다.

"……."

"재판장님, 검찰은 공범에 대해서 알지 못하는 듯합니다. 공범이 있는 것이 의심되는 상황이니 재판을 연기하여 주시기 바랍니다."

그 말에 재판장들이 서로 두런두런 이야기를 하더니 고개를 끄덕거렸다.

공범이 있다면 때린 게 다른 사람이고 구하려고 한 게 유철진일 가능성도 있다. 그렇게 되면 사건은 전혀 다른 양상이 된다.

"인정합니다. 공범에 대한 기록이 나올 때까지 사건을 연기하겠습니다. 검찰 측은 공범에 대한 수사 기록을 제출하시기 바랍니다."

"알겠습니다."

그렇게 대답한 광문식은 노형진을 바라보면서 이를 빠드득 갈았다.

세상은 넓고 증거는 많다?

"이게 뭡니까?"

노형진이 식당 앞에 떡하니 붙여 놓은 플래카드를 보고 무태식 변호사는 고개를 갸웃했다.

"뭐긴요, 사람을 찾는다는 소리지."

"이게요? 어딜 봐서요?"

피해자의 식당 바로 앞에 붙어 있는 플래카드에는 생각도 하지 못한 글이 써 있었다.

이곳에서 수표를 쓰신 분을 찾습니다. 확인 가능하면 50만 원 드립니다.

받은 변호사 비용이 고작 300만 원이다. 승소 비용까지 한다고 해도 400만 원. 그런데 50만 원을 준다니?

"아, 걱정하지 마세요. 그쪽에서 실비 개념으로 추가로 주기로 했습니다."

"그거야 그렇지만……."

그렇다고 해도 너무 뜬금없는 말이었다.

"이런다고 나올까요?"

"나올 겁니다."

피해자가 하던 식당이 유명한 식당은 아니었다. 하지만 그래도 나름 손님이 많았단다. 그러니까 전국적으로 유명한 집은 아니지만 그래도 동네에서는 유명한 집이라고 할까?

"그런데 이게 무슨 소용이 있다는 거죠?"

"그날 직원이 그러더군요, 확실히 수표 하나가 들어왔다고."

"뭐, 그럴 수도 있겠죠."

"그리고 그 수표는 당일 피해자가 수금해 갔다고 했습니다."

"피해자가 가지고 갔다? 아!"

무태식은 노형진이 원하는 것이 뭔지 한 번에 알아챌 수 있었다.

"그 번호를 추적하시려는 거군요!"

"네."

모든 수표에는 각자의 번호가 있다. 그리고 그 번호는 돈의 흐름을 추적하는 데에 쓰인다. 그렇기 때문에 범죄자들

중 머리가 좀 있는 놈들은 보석이나 금은 훔칠지언정 수표는 거들떠보지도 않는다.

"퍽치기 하는 놈들이 그걸 알고 안 쓰면 어쩌죠?"

'모를걸요?'

범인이 누군지는 예상하고 있다. 그리고 그놈들의 행동을 봤을 때 그들이 그런 사실까지 알고 있을 것 같지는 않았다.

"뭐, 시도는 해 봐야지요."

"끄응…… 그러면 차라리 가게 내부에 들어가서 확인하거나 가게에 직접 붙여 놓는 게 좋지 않습니까?"

"저도 그렇고 싶었지만…… 그게 안 되더군요. 그쪽에서 거절했습니다."

"왜요?"

"그쪽에서는 아예 유철진 군이 가해자라고 확신하고 있습니다. 그러니 우리를 도울 리가 없죠."

"끄응……."

'하긴 당연하겠지.'

아예 검찰에서 그를 가해자라고 못을 박고 수사를 시작했으니 그들도 그렇게 믿을 것이다.

더군다나 노형진이 봤던 범인은 그 집안의 아들인 승덕이라는 인간이다. 즉, 그 녀석이 내부에서 끊임없이 유철진에게 뒤집어씌울 거라는 뜻이다.

"확실히…… 흐름을 잡을 수 있다면……."

그럼 그가 누군지 알 수 있을 것이다.

⚖

"공범의 유전자는 발견되지 않았습니다. 즉, 공범은 이번 강도 살인에 직접적으로 관여하지 않았다는 뜻입니다."

광문식은 검사 결과를 들고 확언하듯 말했다.

"더군다나 피고인이 주장하는 가해자 중에는 절대로 가해자일 수 없는 사람이 두 사람이나 들어가 있습니다."

"두 사람?"

생각지도 못한 말에 노형진은 고개를 갸웃했다. 그곳에 세 사람이 있는 것은 노형진이 그곳의 기억을 읽으면서 명확하게 알고 있었다.

"한 명은 피해자의 손자인 강승덕입니다. 손자인 그가 이런 잔혹한 범죄에 연루될 리가 없습니다."

'멍청한 놈.'

검사는 모든 것을 선입견 없이 수사해야 한다. 그런데 광문식은 설마 손자가 살인에 직접 참여하진 않았을 거라는 가정을 철석같이 믿고 수사하는 듯했다.

'뻔하지, 뭐.'

설혹 불렀어도 뻔한 질문 몇 개 하고 끝냈을 것이다.

"다른 한 명은 조팔성으로, 그 당시 모 클럽에서 놀고 있었다는 것이 확인되었습니다. 또한 그와 관련되어 현장의 카메라가 그 장면을 찍은 것을 확인했습니다. 증거로 제출합니다."

증거를 넘겨받은 노형진은 순간 얼굴이 딱딱하게 굳었다.

'이건?'

어떤 클럽에 들어가는 사진이었다. 시간으로 봐서 살인 사건 당시보다 좀 더 일렀으나 문제는 거리였다. 장소가 표시된 곳에서 살인 현장까지는 아무리 빨리 간다고 해도 못해도 한 시간은 걸리는데, 시간 차는 고작 20분이었던 것이다.

"보다시피 피고인이 주장하는 범인 중 두 명에게는 살인에 참가하거나 실행할 시간도, 이유도 없습니다. 나머지 한 명은 그 시간에 집에 있었다고 이야기하고 있으나 두 명의 알리바이가 확실한 바, 나머지 한 명에 대한 유철진의 지목도 신빙성이 떨어진다고 보입니다."

"음……."

노형진의 얼굴이 딱딱해졌다. 사실 강승덕의 문제는 어떻게든 해결할 수 있다. 문제는 조팔성이다. 그가 존재하는 한 사건 전체에서 유철진이 거짓말을 했다는 사실을 부정할 수 없기 때문이다.

'어떻게 한 거지?'

분명 자신은 기억을 읽었다. 그리고 그 기억 속에서 분명 조팔성을 발견했다. 그런데 그는 같은 시간, 다른 도시에 있는 클럽에 있었다.

"벼…… 변호사님."

유철진은 새파랗게 질린 얼굴로 노형진을 바라보았다.

"지…… 진짜예요…… 전 진짜로……."

"믿습니다."

이미 주변에서 유철진을 보는 시선이 따갑게 변해 있었다. 살인자에, 거짓말쟁이로 보는 듯한 시선.

노형진은 유철진을 진정시켰다.

"난 당신의 변호사이고, 그렇기 때문에 당신을 믿을 겁니다. 저쪽에서 어떤 식으로 사진을 찍었는지는 모르겠지만 트릭이 있기는 할 겁니다."

"변호사님……."

"일단은 저쪽의 공격을 막아 내고 생각해 봅시다."

저쪽에서 무슨 수로 이걸 알아냈는지는 모른다. 하지만 아무리 봐도 조작은 아니었다.

"이와 같이 피고인 측이 수차례의 거짓말을 한 것이 드러난 점, 그 현장에서 다른 유전자가 발견되지 않은 점 등을 볼 때 피고인의 범죄 행위는 명확하다 할 것입니다. 그럼에도 불구하고 피고인이 범죄 사실을 은폐할 목적으로 선량한 제3자에게 누명을 씌우는 점 등을 보았을 때, 개선의 여지가 없어 보이므로 최고형을 선고하여 주시기 바랍니다."

검사 측의 발언이 끝나자 모두의 시선이 노형진에게 쏠렸다.

'치명적이다.'

다른 것도 아닌 사진 증거다. 아무리 자신이 잘났다고 해도 사진 증거를 뒤집을 수는 없다. 물론 조작이라고 할 수도 있다. 하지만 조작뿐만 아니라 그날 클럽의 바텐더와 같이 조팔성을 본 사람들의 증언까지 뒤집을 수는 없는 노릇.

"피고인 측 변호인, 할 말 없습니까?"

"일단······ 이걸 봐 주시기 바랍니다."

'하나씩 하자. 하나씩.'

당장 매달려도 달라지는 것은 없다. 그렇다면 일단 닥친 문제들을 하나씩 처리하면 된다고 노형진은 생각했다.

"이건 뭡니까?"

"지난 며칠간 피해자의 가게 주변에서 저희가 확인한 내역입니다. 당일 시장 상인회에서 점심을 먹으며 수표로 계산한 내역이 발견되었습니다."

"수표!"

광문식 역시 생각지도 못한 반격에 당황했다. 설마 수표를 진짜로 찾아서 들고 올 수 있을 거라 생각하지 않았기 때문이다.

"저희는 그 수표 발급자인 상인회장의 동의를 얻어 해당 수표를 추적하였습니다."

노형진은 잘 정리된 차트를 앞으로 내밀었다.

"해당 수표는 피해자의 가게에서 처리되었으며 그 후 피해자의 사망 직전까지 그곳에 있었습니다. 당시 직원의 증언에 따르면 피해자는 수표를 비롯한 금액을 수금하여 갔다고 합니다. 그렇다면 저희는 사망 사건 이후의 수표 내역에 집중해야 한다고 생각합니다. 이후의 행적에 따르면 오성주류라는 주류 납품 업체에서 최종적으로 입금한 것이 확인되었습니다."

"주류 납품 업체?"

순간 전혀 엉뚱한 이름이 나오자 고개를 갸웃하는 사람들.

"그렇다면 그건 다른 제3자가 썼다는 것 아닌가요?"

"맞습니다. 명백하게 그 수표를 다른 제3자가 썼다는 겁니다. 오성주류는 주로 유흥가 쪽에 술을 납품하는 업체로 확인 결과, 크레파스라는 술집에서 사용되었던 흔적이 발견되었습니다. 즉, 누군가 크레파스에서 해당 수표를 사용하였으며, 술집의 주인은 그 수표를 주류 대금으로 사용한 것입니다."

"그렇다면 누가 그걸 결제한 건지 알 수 있습니까? 현금으로 결제했다면 추적하지 못할 텐데요?"

"일반적으로는 그렇지요. 하지만 직원은 그 거래 대상이 어려 보인다는 점 때문에 신분증을 확인하였고 그중에서 강승덕 군을 알아보았습니다."

그러자 당황하는 강승덕. 그는 참관인 석에서 사건 전반을 보고 있었다.

"그렇기에 저는 지금 강승덕 군을 증인으로 요청합니다."

"흠……."

판사들은 잠시 고민하는 듯하더니 고개를 끄덕거렸다.

"인정합니다. 강승덕 군, 앞으로 나오세요."

"네?"

"나와서 선서하십시오."

강승덕은 허둥대다가 앞으로 나왔다. 여기서 도망치면 자신이 범인이란 사실을 인정하는 셈이라는 걸 알기 때문이다.

"강승덕 군, 단도직입적으로 묻겠습니다. 그 돈, 어디서 났습니까?"

"할아버지가 줬습니다."

"그 많은 돈을 할아버지가 줬다고요?"

"많은 건 아니죠. 고작 10만 원짜리 하나인데요, 뭘."

'역시 그렇게 나오는군.'

분명 저 녀석이 그날 대금으로 계산한 술값은 무려 16만 원이다. 문제는 그걸로 그 돈이 모두 피해자의 돈이라는 걸 증명할 수 없다는 점이다.

"그럼 부족한 돈 6만 원은 본인의 돈이다?"

"저뿐만 아니라 친구들의 돈입니다. 함께 냈으니까요."

"그 당시 누구랑 있었습니까?"

"그때 있었던 게…… 중민이랑……."

말을 하던 그가 순간 입을 멈췄다.

"누구랑 있었습니까?"

안 봐도 뻔하다. 중민이라는 인간이 그 세 명 중 집에 있었다는 놈일 것이다. 그게 바로 그가 말을 못 하는 이유일 것이다.

"중민이랑 있었습니다."

"직원의 증언에 따르면 세 명이라고 했습니다. 남은 한 명은 누구인가요?"

"그 당시 술에 취해서 기억이 잘……."

"잘 나지 않는다고요? 하지만 종업원은 이 사람을 지목했습니다."

사진을 꺼내서 흔드는 노형진. 거기에는 조팔성의 얼굴이 박혀 있었다.

"아닙니까?"

"마…… 맞습니다."

"그럼 아까 전에 조팔성이 클럽에 있었다는 것과 전혀 다른 이야기가 되는데요?"

웅성거리는 방청객과 당황한 검사. 그리고 서로를 바라보는 판사들.

"팔성이는 나중에 왔습니다."

"나중에 왔다?"

"그렇습니다."

"직원은 그렇게 이야기하지 않던데요? 세 사람이 잔뜩 취해서 함께 들어왔다고."

노형진이 추가적으로 반박하려는 찰나, 광문식이 벌떡 일어났다.

"술집 종업원의 진술은 기억을 기반으로 한 진술일 뿐입니다. 하지만 조팔성의 사진이 클럽의 화면에 찍힌 이상 종업원의 진술이 확실하다고 볼 수는 없습니다."

"흠……."

'젠장.'

이게 문제였다. 저쪽은 명확한 증거인 사진이 있는 데에 반해서 자신들은 기억에 기대어 나오는 진술이라는 것. 그렇다면 누가 유리할지는 뻔한 일이다.

"이상입니다."

노형진이 안으로 들어가자 광문식이 나와서 질문을 던지기 시작했다. 몇 가지 정보들. 가령 어디서 언제 할아버지가 그 돈을 줬느냐, 할아버지와의 관계는 어땠느냐와 같이 대충 둘러대도 문제가 없는 것들이다. 당연히 유철진에게는 극도로 불리한 증언들이었다.

'문제는 조팔성이야…….'

조팔성의 문제를 해결하지 못하는 이상, 아무리 해도 유철진이 거짓말을 했다는 이미지를 벗지 못하기 때문이다. 그리고 그 이미지는 치명적 문제를 야기한다.

'생각지도 못한 문제야…….'

노형진이 그 후로도 몇 번이나 공격하기는 했지만 언제나 조팔성 문제로 인해서 번번이 막히기만 할 뿐이었다. 뭘 하든 세 명이 현장에 있었다는 사실을 증명해야만 하는데 그럴 때마다 클럽에서 정면으로 찍은 사진이 걸렸기 때문이다.

"훗."

재판이 끝나고 밖으로 나오면서 광문식은 노형진을 보고 비웃음을 흘렸다.

"네가 발악해 봐야 사진은 못 뒤집어."

"끄응."

"변호사 주제에 어딜 덤벼?"

"주제에?"

노형진은 기가 막혔다. 물론 사법연수원에서 나와 바로 변호사를 하는 대부분의 사람들은 사법연수원에서의 성적이 떨어져서 그러는 경우가 많다. 검사나 판사로 갈 성적이 안 되니 변호사가 되는 것이다.

하지만.

"전 수석입니다만."

"뭐?"

수석이라는 말에 광문식은 믿을 수 없다는 표정이 되었다.

"뭐, 누구처럼 실력이 쥐뿔도 없다 보니 전쟁터 같은 변호사의 세계에 들어올 자신이 없어서 공무원으로 도망간 게 아니란 말입니다."

되로 받으면 말로 돌려줘야 하는 법. 누구라고 말은 하지 않았지만 누구를 비꼬는 건지 광문식이 모를 리가 없었다. 사실 진짜 성적이 좋았다면 검사가 아니라 판사 쪽으로 빠졌어야 한다. 즉, 비꼬는 광문식도 아주 상위권은 아니었다는 소리다.

"이 새끼가……!"

"어허, 법을 집행하는 사람끼리 새끼가 뭡니까? 새끼가?"

"너…… 너…….."

"말조심하시죠. 검사가 모욕죄로 잡혀 들어가면 좋은 꼴 못 보지 않습니까?"

"이이익!"

광문식은 속에서 천불이 나는 기분이었다. 하지만 노형진은 그런 광문식을 보면서 피식거릴 뿐이었다.

'애송이 주제에.'

척 봐도 이제 갓 검사가 되어서 기고만장하게 고개를 들고 다니는 애송이 같은 녀석이다. 사실 실력은 둘째치더라도, 이런 식으로 고개를 뻣뻣하게 들고 다니면 좋을 거 하나도 없다.

'이 녀석도 오래는 못 가겠네.'

진짜 무서운 검사들은 안쪽에 능구렁이가 수십 마리씩 들어앉은 놈들이다. 그놈들은 웃으면서 칼을 갈기 때문이다. 하지만 이 녀석은 그렇지 못한 녀석이다. 공부는 잘하는 것 같은데 경험도 없고 감정을 마구 드러낸다.

'하긴…… 내 기억에도 없는 녀석이니.'

어지간한 주요 검사는 다 기억하고 있는데 없다는 건 부부장검사나 하다가 나가서 변호사 노릇을 한다는 뜻이다. 그마저도 특출 나게 잘났던 놈은 아니라는 거고.

"그렇게 감정에 휘둘려 봐야 법정에서는 좋을 거 하나도 없습니다."

슬쩍 그의 어깨를 두들기고 미소를 지으면서 조언을 건네는 노형진. 자존심이 강한 사람들에게는 이게 어떤 의미인지 알기 때문이다. 아니나 다를까.

"야, 이 개새끼야!"

다짜고짜 욕부터 하면서 길길이 날뛰는 광문식. 노형진은 슬쩍 뒤로 물러났다.

"경비, 검사님이 흥분한 것 같으니 진정 좀 시키시지요."

"검사님, 진정하시고."

"진정하게 되었어? 저 개새끼가! 저 개새끼가!"

길길이 날뛰는 광문식. 노형진은 힐끗 고개를 돌렸다.

'이쯤이면……'

아니나 다를까, 코너에서 거친 목소리가 터져 나왔다.

"뭐 하는 짓인가!"

안에서 나오는 세 명의 사람들. 판사들이었다.

"광 검사! 지금 이게 무슨 짓이야!"

이들은 광문식처럼 하찮은 신입 판사도 아니다. 2심 사건을 담당하는 만큼 상당한 직급과 나이를 가지고 있다.

"그…… 그게……."

"별거 아닙니다. 그저 조언 한마디 했다고 갑자기 저럽니다."

"조언?"

"너무 감정을 드러내는 것 같으니 그걸 좀 참아 보시라고."

"이이익!"

광문식을 이를 빠드득 갈았다.

물론 맞는 말이다. 하지만 말이라는 게 아 다르고 어 다른 거다. 그리고 광문식의 행동을 지금까지 봐 온 판사들의 입장에서는 틀린 말도 아니었다.

"고작 그걸 들었다고 수많은 사람들 앞에서 변호사를 욕하며 폭행하려고 해? 자네 미쳤나?"

"파…… 판사님."

"부장검사가 도대체 애들 교육을 어떻게 시키는 거야? 변호사가 만만해?"

"그…… 그게 아니라……."

"그게 아니긴 뭐가 아냐? 틀린 말을 한 것도 아니고. 더더군다나 노 변호사는 자네 선배 아냐?"

"선배?"

"그래! 자네 전 기수일세."

"끄응…….."

노형진의 다음 기수가 바로 광문식이다. 사법체계는 은근 위계가 강하다. 법률적인 업무라면 모르지만 사석에서는 함부로 말할 수가 없다.

"실망이군."

광문식을 노려보고 나가는 판사들. 그리고 노형진은 광문식을 바라보면서 웃었다.

　"읍스."

　"이런 개새끼……."

　노형진이 이 자리에서 그를 기다린 것도, 그리고 지금까지 가지 않고 있었던 것도 다 이걸 노린 것이었다. 재판이 끝나고 나올 거라는 걸 알고 있었고 슬쩍 도발하기 위해서 말이다. 물론 저 녀석은 자신이 도발했다고 생각했겠지만.

　'그렇게 뻔한 도발로 넘어가겠냐?'

　이로써 판사는 광문식에게 좋지 않은 감정을 가지게 되었다. 그게 재판에서 유리하게 작용하면 작용했지, 불리하게 작용하지는 않을 것이다.

　"나중에 보자고요. 광 검사님."

　"이이이익."

　노형진은 가면서 마지막으로 쐐기를 박았다.

　"아, 그런데 그 광이 지랄 발광할 때 그 '광'은 아니죠?"

　"야, 이 씨발 놈아!"

　'큭큭큭, 애송이 같으니라고. 아이고, 속 시원하다.'

⚖

　"확실합니까?"

"네."

조팔성이 갔다는 클럽에 간 노형진은 혹시나 하는 마음에 증거로 받은 사진을 들고 가서 확인했다. 혹시 조작하지는 않았을까 하는 기대 때문이다. 그러나 그런 건 없었다.

"이 사람은 왔습니다. 카메라에도 찍혔구요."

"확실합니까?"

"확실하다니까요."

심지어 원본 카메라 영상을 보여 주는 그들.

"끄응……."

노형진은 신음을 흘렸다. 아무리 봐도 사진 속에 나오는 모습은 조팔성이 맞았기 때문이다.

"어떻게……."

분명 자신은 기억 속에서 조팔성을 봤다. 그런데 어떻게 조팔성이 동일한 시간에 여기에 있단 말인가?

'이건 불가능해.'

혹시 유철진이 뭔가를 착각한 것일까? 그래서 그게 기억에 영향을 준 것일까?

'그건 확인할 방법이 없으니…….'

기억은 주관적인 것이다. 그렇다면 기억에도 영향을 줄 수 있다.

'나중에 실험해 봐야겠군.'

문제는 지금 이 대비책이 없다는 것.

"죄송합니다. 도와 드릴 게 없네요."

"후우, 아닙니다."

노형진은 인사를 건네고 바깥으로 나왔다. 아무리 생각해도 그게 문제였다.

'모든 건 논리적으로 맞는데.'

논리적인 부분에서 유리한 건 자신이다. 그런데 딱 하나, 조팔성에 대한 건 아니다. 조팔성이 거기에 없었다면 다른 사람들 역시 없었다는 뜻처럼 되니 사건 자체가 성립되지 않는다.

'뭔 수를 쓴 거야?'

조작? 그건 아니다. 카메라 영상도 있고 증언도 있다. 그리고 엄청나게 중요한 사건도 아니니 이런 사건을 조작할 이유가 없다.

"뭔가…… 있어……. 뭔가…… 뭔가…….."

노형진은 자신의 기억을 하나씩 더듬었다. 그러나 아무리 봐도 논리적으로 맞는 상황이 아니었다.

"도대체 어떻게 한 걸까?"

누군가 사전에 범죄 약속을 하고 그처럼 꾸미고 간 걸까? 하지만 그럴 거면 나머지 세 명도 꾸몄어야 정상이다. 아니, 그럴 거면 애초에 철진을 불러서 뒤집어씌우지 않았을 것이다.

"대충 보면…… 사건 자체는 계획적인데 그 뒷일에 대한 대응은 급하게 한 느낌이 난단 말이지."

즉, 강도질 자체는 계획적이었는데 죽을 거라고는 생각하지 못했다는 뜻이리라. 그 상황에서 죽어 버리니 급하게 방법을 찾았는데, 그게 철진이었던 것이다.

"철진을 불렀다는 것 자체가 그의 평소 성격을 안다는 뜻인데."

보자마자 그를 살리기 위해서 달려들 걸 알았다는 뜻이다.

"문제는…… 어떻게…… 다른 곳에 한 사람이 동시에 존재했느냐는 건데."

그 순간 노형진을 스치고 지나가는 여자들.

노형진 역시 남자였기에 늘씬한 몸매를 가진 그녀들을 보고 순간 눈이 그쪽으로 돌아갔다. 그리고 그들의 얼굴을 보는 순간 머릿속에서 번개가 치는 듯한 느낌이 들었다.

"내가 왜 그 생각을 못 했지?"

한 가지 가능성이 떠올랐다.

누구도 예상하지 못하는 가능성. 자신은 알 수 없는 가능성. 하지만 검사는 알고 있을 것이다.

'이 녀석이 진짜…….'

만약 맞는다면 검사가 자신에게 알려 주지 않았다는 뜻이된다.

"그건 나중에 확인하면 되겠지."

그것 말고는 이유가 없었다. 그리고 그건 나중에 싸움을 끝내는 마무리가 될 것이다.

"더 이상 질문 없습니까?"

세 번째 재판은 검사의 일방적인 공격이나 마찬가지였다. 노형진이 증거를 내세울 게 없는 데에 반해서 그쪽은 당시 클럽에서 봤다는 사람을 불러오기까지 한 것이다. 그러고는 조팔성을 봤다는 노형진 측 술집 종업원을 불러 놓고 몰아붙였다.

'내 저럴 줄 알았지.'

사람은 어지간한 확신이 없는 이상, 자신의 기억에 대해 누군가가 몰아붙이면 '글쎄요.'하고 말하는 식으로 두리뭉실하게 말하기 마련이다. 광문식은 그것과 자신이 가진 검사로서의 권위를 알기 때문에 노형진 측 증인을 몰아붙였고, 결국 종업원이 자신의 기억은 확실치 않다는 대답을 함으로써 증언을 뒤집어 버렸다.

"변호사님……."

유철진의 얼굴은 아예 시퍼렇게 질리고 있었다. 자신에게 유리한 모든 증언이 뒤집히고 있었기 때문이다.

"유군."

"네?"

"내가 뭐라고 했지요?"

"믿으라고……. 집에 보내 준다고."

"그럼 믿으세요, 내가 집으로 보내 줄 테니."

유철진을 진정시킨 노형진은 자리에서 일어나서 앞으로 나갔다.

"재판장님, 신청했던 대로 조팔성을 증인으로 신청합니다."

"인정합니다. 증인 나오세요."

사전에 증인으로 신청해 놨던 조팔성은 탐탁찮은 표정을 하고 앞으로 나왔다.

"증인은 당일 클럽에서 놀았다는데, 그게 사실입니까?"

"사실입니다."

"그럼 그곳에서 있던 일을 이야기해 주시기 바랍니다."

"그곳에서……."

그는 클럽에서 있던 일을 이야기하기 시작했다. 그곳에서 뭘 마셨고 그리고 누구를 꼬셨으며 번호까지 땄다고.

"그리고 검사님이 확인하셨다시피 그 여자랑도 통화된 걸로 아는데요."

맞다. 광문식은 그 여자와 확인해서 그곳에서 그를 만났다고 확인해 주기까지 했다.

"그렇군요. 그곳에 갔다는 거군요."

"네."

"그런데 증인, 한 가지만 묻겠습니다. 생일이 언제죠?"

"네?"

"생일 말입니다. 생일."

"4월 14일입니다."

어려운 질문은 아니었기 때문에 그는 무심결에 대답했다. 노형진은 그 대답을 듣고 미소를 지었다.

'이제 끝내자.'

드디어 함정에 발을 집어넣은 것이다.

"그럼 다른 형제의 생일은 언제입니까?"

"헉!"

평이한 질문이었지만 조팔성의 얼굴은 순간 창백하게 변했다.

'역시.'

예상했던 반응이었다.

"다시 한 번 묻겠습니다. 다른 형제의 생일은 언제입니까?"

"어…… 그러니까……."

"재판장님! 증인 가족의 생일은 이번 사건과 관련이 없습니다!"

눈치챈 광문식이 재빨리 차단하려고 했지만 노형진이 그렇게 쉽게 물러날 리가 없었다.

"있습니다. 아주 중요한 의미가 있지요."

"흠…… 증인, 대답하세요."

그 말에 얼굴을 찡그리는 광문식. 그리고 점점 사색이 되는 조팔성.

"생일이…… 그게…… 기억이 잘……."

"기억이 안 난다니 이상하네요. 제 생각으로는 똑같이 4월 14일일 텐데, 안 그렇습니까?"

"무슨 소리야?"

"생일이 같다니?"

물론 같을 수도 있지만 그런 경우는 드물다. 더구나 그걸 기억하지 못한다니?

"증인, 증인의 형제와 같은 생일을 공유하지 않습니까?"

"그…… 그게…….."

"단도직입적으로 묻겠습니다. 증인, 증인은 쌍둥이 아닙니까?"

"……!"

그 순간 좌중에서 놀라움에 찬 탄성이 터져 나왔다. 쌍둥이, 같은 날 같은 시간에 태어난 똑같은 두 명.

"증인이 다니던 학교에 문의해 봤더니 쌍둥이가 맞더군요. 그것도 일란성 쌍둥이, 즉 똑같은 외모를 가진 두 사람."

"……."

"우리는 지금까지 증인의 신분을 확인하기 위해서 사진을 들고 다녔습니다. 이 사람을 아느냐고 물어봤죠. 카메라에 찍힌 것도 그 얼굴이고 그 여자가 기억하는 것도 그 얼굴입니다."

"……."

"쌍둥이였단 말이야?"

쌍둥이라면 이야기가 달라진다. 한 명이 이곳에 있었다면 다른 한 명은 다른 곳에 있었다는 뜻이 된다. 그렇다면 클럽에 있는 사람은 누구란 말인가?

"결과적으로 말해서 둘 중 하나는 범죄 현장에 있었다는 뜻인데. 증인! 범죄 현장에 있었던 것은 본인입니까? 아니면 형제인 조팔만입니까?"

노형진은 슬쩍 고개를 돌렸다. 방청석에 앉아 있던 그들의 부모는 완전히 사색이 되어서 바들바들 떨고 있었다.

'이럴 줄 알았지.'

그날 여자들의 얼굴을 보고 노형진은 살짝 웃었다. 화장을 때문인지 비슷한 얼굴이라는 느낌이 났기 때문이다. 그리고 그 순간 쌍둥이 같다는 생각을 하면서 자연스럽게 진실이 보였다.

'기록을 줄 이유가 없지.'

가족들은 사건 당사자가 아니니 개인 정보가 자신에게 올 리가 없다. 하지만 검사는 알 수밖에 없다. 당연히 알면서도 주지 않은 것이다. 설마 검사가 정보를 감추진 않았을 거라는 생각에, 쌍둥이일 거라는 생각은 하지도 못하고 있었다.

감을 잡은 노형진은 그가 다녔던 학교로 찾아가서 확인했는데 아니나 다를까, 조팔성은 쌍둥이였다.

"증인! 누가 범죄 현장에 있었지요?"

조팔성의 부모의 입장에서는 어쩔 수 없었다. 거짓말을 하면 자식은 감옥을 안 가도 된다. 그래서 쌍둥이라는 사실을 숨기고 조팔성이 거기에 있었다고 거짓말을 했을 것이다.

"동생입니다. 범죄 현장에 있던 것은……."

"팔성아!"

아버지는 비명에 가까운 고함을 지르면서 일어났다. 설마 자신을 감싸 주던 형제에게 뒤집어씌울 거라 생각하지 않았던 것이다. 그러나 조팔성은 감옥에 가기 싫었다.

"동생이 범죄 현장에 있었다?"

"네, 그래서 그날 클럽에 간 제가 대신……."

"과연 그럴까요? 재판장님, 동생인 조팔만의 신용카드 사용 기록을 제출하도록 하겠습니다."

"신용카드 사용 기록?"

"네, 그날 그곳에 있던 사람은 카드를 사용했습니다. 그리고 검찰 측은 그 기록을 제출하지 않았습니다. 해당 기록을 제출하고자 합니다."

그 말에 광문식의 얼굴이 굳었다. 사진을 받아 들고 끝났다고만 생각했지, 카드 기록까지 확인하지는 않았기 때문이다.

"보다시피 카드 기록상의 주인은 조팔성이 아닌 조팔만으로 되어 있습니다. 증인, 할 말 있습니까?"

"……."

말하지 못한 채로 질려서 바들바들 떠는 조팔성. 심지어 부모조차 그에게서 눈을 돌렸다. 설마 자신이 가기 싫다고 형제를 감옥에 보내려고 할 거라 생각하지 못했기 때문이다.

"이상입니다."

"검찰 측, 질문 있습니까?"

"그게……."

광문식은 말하지 못했다. 아니, 할 수가 없었다. 지금 판사가 자신을 내려다보는 시선은 버러지를 보는 듯한 시선이었던 것이다.

'망했다. 승진은 물 건너갔구나. 내 커리어도 끝났어…….'

법률적으로 변호사는 피의자인 의뢰인에게 불리한 증거는 감춰도 된다.

하지만 검사는 상대방, 즉 피의자에게 유리한 증거를 감춰서는 안 된다. 법적으로 명확하게 정해진 규칙이다.

그런데 자신은 그 중요한 증거 중 하나인 형제 관계를 감춘 것이다. 쌍둥이라는 존재가 한 사람이 동시에 다른 곳에 존재할 수 있다는 사실을 입증하는 것에 큰 영향을 준다는 걸 알면서도 말이다. 게다가 도리어 그걸 감추고 증거를 곡해하려고 했다.

'멍청한 놈.'

자신에 대한 질투 때문이라고 생각하긴 했지만 해야 할 것과 해서는 안 될 것이 있는 법이기에 노형진은 딱히 그가 불쌍하지 않았다.

"없습니다."

너무나 명확한 증거에 할 말이 없는 광문식.

"그럼 다음 증인으로 강승덕을 신청합니다."

"강승덕 군, 나오세요."

"......"

강승덕은 새파랗게 질려서 터벅터벅 앞으로 나왔다. 증인 출석 명령서가 왔을 때만 해도 '별일이야 있겠어?'라는 생각으로 법원까지 왔는데 조팔성이 빼도 박도 못하게 걸려 버린 것이다.

"강승덕 씨."

"네."

"이번 사건에 대해서 어떻게 생각하십니까?"

"네?"

"이번 사건의 피해자가 아닙니까? 할아버지가 돌아가셨으니 말입니다."

"참으로…… 슬프다고 생각합니다."

"그렇습니까?"

"네, 범죄자가 꼭 잡혀서 엄준한 법의 처벌을 받아야 한다고 생각합니다."

"엄준한 법의 처벌이라?"

노형진은 왠지 비웃음이 나왔다. 저렇게 뻔뻔할 수가.

'하긴 인간이 그렇지, 뭐.'

지금이야 이해가 안 가지만 미래의 연구에 따르면 과학적으로 인간은 뭔가를 많이 가질수록 공감 능력을 잃어버린다고 한다. 부자가 되면 선인보다 악인이 되기 쉬운 게 바로 그것 때문이다.

그리고 하루 순 매출이 100만 원을 넘는 가게를 소유한 할아버지가 있는 만큼 그의 가족은 부자라 할 수 있었다.

"그럼 강승덕 씨는 이 사건을 어떻게 알았습니까?"

"다음 날, 경찰서에서 연락이 와 알았습니다."

"사전에 알지 못했다는 건가요?"

"그렇습니다."

"하지만 피고는 사전에 그곳에서 강승덕 씨를 봤다는데요? 그리고 할아버지라 생각하지 못했다는데요?"

"거짓말입니다. 우리 할아버지가 장사를 잘해서 수금하러 다닌다고 몇 번 이야기한 적도 있습니다."

"그렇군요."

유철진에게 죄를 뒤집어씌우고자 단단히 작정한 것 같았다. 세상에 어떤 사람이 가족에 관한 그런 이야기를 함부로 한단 말인가? 설령 중요한 이야기가 아니라 하더라도 말이다.

"그럼 그 전에는 사건을 알지 못했다는 건데요."

"네."

"알겠습니다. 그럼 한 가지 확인하려고 하는데요."

"확인이요?"

하지만 노형진은 대답하는 대신에 주머니에서 뭔가를 꺼

내 들었다.

"녹음기?"

"그렇습니다. 사전에 재판장님으로부터 녹음 허락을 받았습니다."

보통 재판에서는 녹음이나 녹화가 허락되지 않는다. 그런데 녹음이라니?

노형진은 그 녹음기의 플레이 버튼을 눌렀다. 그러자 그 안에서 들리는 목소리. 증인석에서 한 말이 그대로 다 녹음되어 있었다.

"이게 본인 목소리 맞습니까?"

"네?"

"좀 다르게 들리죠?"

보통 자신의 목소리를 녹음해서 들으면 상당히 다르게 들린다.

"하지만 본인이 방금 재판정에서 한 말은 맞지요?"

"네."

"그럼 이건 어떤가요?"

이번에는 녹음기가 아닌 카세트를 꺼내 드는 노형진. 그는 그걸 꾹 눌러서 작동시켰다.

－네, 119입니다.

－여기 ○○동 ○○빌라 뒷골목인데요. 어떤 남자가 할아버지를 두

들겨 패고 있어요.

　-네? 두들겨 패고 있다니요?

　-남색 옷을 입고 있는 남자가 어떤 할아버지를 두들겨 패고 있어요. 할아버지가 죽을 것 같아요.

　-잠시만요! 바로 경찰을 출동시키겠습니다. 그곳의 정확한 위치가 어디라고요? 여보세요? 여보세요?

　그러나 수화기에서는 전화가 끊어지는 소리가 들릴 뿐이었다.

　"어떻습니까? 목소리가 같다고 느껴지는데요?"

　"헉!"

　신고한 목소리는 아무리 봐도 강승덕의 목소리였다.

　"본인 아닙니까?"

　"우…… 우연입니다! 우연! 목소리가 비슷한 사람이 어디 한두 명입니까!"

　강승덕은 애써 부정했다. 설마 119에 의해 녹음되고 있다고는 생각하지 못했던 것이다. 물론 모든 내용은 녹음되고 있다. 다만 아직까지는 대중에게 많이 알려지지 않았을 뿐.

　"그렇습니까?"

　"네."

　"그건 파형을 검사하면 알겠지요. 듣기에는 비슷한 것도 파형은 전혀 다르니까요."

"으헉."

얼굴이 시퍼렇게 질려 버리는 강승덕. 하지만 노형진의 공격은 끝이 아니었다.

"그런데 이 전화에서 말입니다. 이상한 부분이 있습니다."

"이상한 부분?"

"네, 신고자는 남색의 옷을 입고 있는 남자가 노인을 구타하고 있다고 했습니다."

"그런데요?"

"재판장님, 이걸 봐 주시죠."

노형진은 노트북을 켜고 그 안에 있는 동영상을 재생했다.

"이 장소는 살인이 벌어졌던 그 현장입니다. 보다시피 같은 시간에 촬영되었습니다."

카메라 너머에 보이는 현장에는 보라색 옷을 입은 남자가 서 있었다.

"이분은 저와 같은 법무법인에 있는 무태식 변호사라고 합니다. 잠깐 실험을 도와주셨지요."

"그거랑 무슨 관계가 있습니까?"

"보시면 압니다."

멀리서 보이는 남자에게 카메라를 고정하고 다가가자 점점 옷의 색깔이 이상해지기 시작했다.

"어?"

어느 순간 옷의 색깔이 보라색이 아닌 남색으로 변해 버렸다. 그 거리는 대략 5미터 내외.

"저 옷은 그날 피고인 유철진이 입었던 옷과 동일한 것입니다. 즉, 증인의 주장대로 남색 옷을 입었다는 사실을 확인하기 위해서는 5미터 내외에서 직접 봐야 한다는 것입니다. 할로겐 조명의 영향을 받아서 멀리서 보면 보라색으로 보이니까요."

"......!"

"그런데 5미터면 바로 코앞이나 마찬가지입니다. 통로 자체도 일방통행이고 주변에 숨어서 볼 수 있는 곳도 아니구요. 자, 그럼 증인? 증인은 신고할 때 코앞에서 자신의 친할아버지가 맞아 죽는 걸 보고도 그걸 막을 생각은 안 하고 도망쳐서 공중전화를 찾아서 신고했다는 건데, 할 말 있습니까?"

강승덕은 완전히 질려 버린 얼굴이 되었다. 이건 빼도 박도 못할 증거다. 기습해서 자신의 유전자 및 흔적이 현장에 남은 건 없지만, 119에 녹음된 목소리를 조사하면 본인의 것이 나올 것이다.

그리고 자신이 남색 옷이라고 말한 이상, 바로 코앞에서 그를 봤다는 소리밖에 안 된다.

"마지막으로 묻겠습니다, 증인."

노형진은 차갑고도 조용한 눈빛으로 강승덕을 바라보았다. 완전히 패닉에 빠진 얼굴에서 그가 포기하고 있다는 사실을 어렵지 않게 느낄 수 있었다.

이것이 법이다

"사건이 있던 그날 밤, 증인은 어디에 있었습니까?"

"크흐흑…… 크어어엉!"

결국 울음을 터트리면서 아무런 말도 하지 못하는 강승덕.
노형진은 그런 그를 보다가 고개를 돌려서 판사를 바라보았다.

"이상입니다."

⚖️

"위하여!"

워낙 어려운 사건이었기 때문에 뒤풀이는 필수나 마찬가
지였다.

"옷 색깔이라니, 생각도 못 했다."

"저도 생각하지 못했죠. 그냥 우연히 알았습니다."

유철진을 만난 건 감옥 안에서였을 뿐이다. 그가 그 옷을
본 건 사진에서 본 것이 다였다.

'그걸 알아본 게 다행이지.'

이때쯤 모 브랜드에서 나온 변색 섬유. 거리와 빛에 따라
서 옷의 색이 바뀌는 상품이었다. 그걸 알아보지 못했다면
명확한 증거로 삼지 못했을 것이다.

"어떻게 안 겁니까?"

"뭐, 그냥 정보의 위력이라고 할까요."

"정보?"

“사건은 복합적입니다. 유전자니 어쩌니 하지만 결국 그것도 하나의 증거일 뿐이죠. 더 많고 더 큰 정보를 담는 것도 있습니다. 단지, 그걸 찾는 것이 어렵고 귀찮을 뿐이지요.”

“흠…….”

누구도 신경 쓰지 않았다는 정체 모를 신고자의 목소리. 색이 변하는 옷. 거기에다 쌍둥이라는 사실까지. 그들은 이 세 가지 사실이 밝혀지고 나자 그대로 무너졌다.

“근데 왜 죽인 거랍니까?”

“소문이 사실이라더군요.”

“소문?”

“네, 유산에서 배제되었다는 말.”

손자가 워낙 양아치로 살다 보니 자수성가한 입장에서는 마음에 들지 않았던 할아버지는 결국 화가 난 나머지 유언장을 고쳐 유산상속에서 배제시켜 버리겠다고 한 것이다.

그 할아버지의 재산은 상당해서 사건이 있던 날에 갔던 식당 말고도 대형 식당이 다섯 곳이나 있었기 때문에 강승덕은 유언장이 고쳐지기 전에 그를 죽이는 것으로 사태를 수습하려 한 것이다.

“그럼 그렇게 하고 돈이나 훔쳐 가 퍽치기로 위장할 것이지, 왜 유철진을 부른 걸까요?”

“확실하게 하려고 한 것이겠지요.”

잔머리를 쓴 것이다. 사건이 시작되면 가장 먼저 의심받을 것은 사이가 좋지 않은 자신이라는 것을 알고 말이다.

"유철진에게 뒤집어씌움으로써 자신은 그곳에서 벗어나려고 한 것이죠."

노형진의 말에 다들 고개를 흔들었다. 확실히 이번 사건은 빼도 박도 못할 위험한 사건이었다. 변호사들이 많긴 하지만 심장마사지가 골절을 일으킨다는 사실을 아는 사람들은 드물고 옷 중에 색이 바뀌는 것이 있다는 사실을 아는 사람은 더욱 드문 탓이다.

"어찌 되었건 사건이 잘 끝났네요."

노형진은 잔을 들었다. 이 사건이 대대적으로 언론을 탄 덕분에 새론은 더욱더 유명해졌고 더 많은 사건을 할 수 있게 되었다.

"자, 그럼 찬란한 미래를 위하여 건배합시다!"

"건배!"

부자가 되세

"도오온!"

"노 변호사, 왜 그래?"

"네? 아…… 아닙니다."

잘 자다가 일어나는 노형진을 보면서 고개를 갸웃하는 송정한.

"아니, 낮잠 자다 말고 웬 난리야?"

"하하하."

머쓱하게 머리를 긁적인 노형진.

"근데 어쩐 일로?"

송정한이 사무실로 들어오는 순간 그런 꼴을 보이다니, 우연도 참 웃긴 우연이었다.

"별일 없지. 그냥 사건 검토차 온 거지."

"네, 어떤 사건인데요?"

사건 검토 자체는 그다지 오래 걸리는 게 아니다. 하지만 노형진은 사건보다는 지금 머릿속에서 있던 꿈이 거슬렸다.

'흠…… 돈이라…….'

자신이 거지로 쫓겨나서 길바닥에 있는 꿈. 물론 좋은 꿈은 아니다. 그리고 그런 악몽을 꾸는 이유를 알 것 같았다.

'지난번에 있던 사건 때문이었나?'

작은 사건이었다. 작은 폭행 사건이었는데 다른 곳도 아니고 선거관리위원회에서 전화가 온 것이다.

'내가 어이가 없어서 진짜.'

이유는 간단하다. 물러나지 않으면 좋은 꼴 못 본다는 일종의 협박. 물론 노형진이 그런 것에 굴할 리 없다.

게다가 노형진은 새론에 들어오면서 다른 변호사 사무실과 달리 모든 통화 내역을 녹음하도록 시스템을 바꿔 놨다.

일단 이런 청탁식의 전화도 많이 오는 데다가 판결은 결국 판사들이 한다는 점을 악용하여 피해자와 변호사에게 '소 새끼, 개새끼.' 하고 욕하다가 판사 앞에서만 뉘우친다는 식으로 말하는 놈들이 있었기 때문이다.

"뭐, 좋게 해결되기는 했는데."

지역 선관위 위원장이라는 인간이 대놓고 협박하다가 녹음 중이라는 말에 바로 정색하면서 꼬리를 말았다. 하여간 그 사건이 기분이 나빴던 모양이다.

"돈이 필요하기는 한데……."

〈극해도〉에 투자해서 상당한 돈을 벌긴 했다. 하지만 아직 그것만으로는 부족했다.

"역시…… 영화겠지?"

자신이 아는 굵직굵직한 사업들은 천천히 진행되는 것들이 많다. 가령 한국에 와이폰이 들어온다거나 성산에서 만드는 핸드폰이 쫄딱 망한다거나 하는 것들 말이다. 문제는 그걸 투자하는 데에 필요한 돈이 부족하다는 것.

"역시 영화라는 건데."

영화 마니아였던 그였으니 뭐가 성공하고 실패하는지는 다 알고 있다. 그리고 연예계 쪽도 어느 정도는 알고 있다. 물론 지라시의 영향이지만.

"돈이 부족해."

"뭐, 돈?"

"네."

결국 노형진은 모 아니면 도라는 심정으로 마음을 결정했다.

"가불이라니……. 자네는 여태 그런 말은 한 적이 없었잖아? 무슨 일이라도 생긴 거야?"

"그건 아닙니다. 그냥 쓸 곳이 생겨서요."

"흠……."

노형진의 부탁에 송정한은 턱 아래를 만지작거리다가 고

개를 흔들었다.

"역시 무리겠는데."

"그렇지요?"

"그래, 자네도 알다시피 요즘 우리가 급속도로 성장하는 중이잖아. 변호사도 더 뽑아야 하고, 그 사람들을 위한 사무실도 새로 구해야 하고."

그 말에 노형진은 고개를 끄덕거렸다. 확실히 돈이 들어갈 구멍이 너무 많다.

"차라리 대출을 받지그래?"

"대출요?"

"그래."

"하지만……."

대출이라는 것 자체가 남의 돈을 빌리는 거니 꺼림칙할 수밖에 없다.

"어차피 가불도 빌리는 건 마찬가지야. 그리고 가불이라는 특성상 그다지 많지도 않고."

"그렇겠네요."

"대출이 더 조건은 좋을걸? 일단 '사' 자 돌림이잖나."

"하하하."

농담 아닌 농담이다. 일단 변호사라는 이름이 들어가면 대출 액수도 높아지고 대출이자는 낮아진다. 아직은 변호사라는 존재가 엄청난 힘을 가진 시기이기 때문이다.

'그래, 대출을 받자.'

어차피 영화 하나가 성공하면 원금을 받는 건 어려운 일이 아니다. 그래, 지금이기에 대출을 받아야 한다.

'〈전우의 길〉이 얼마 후면 촬영이 종료되지, 아마?'

〈전우의 길〉은 두 번째 천만 영화로 한국내 공식 관객만 1,200만이다. 애초에 100만 명만 들어도 대박인 한국 시장에 서는 엄청난 숫자다.

'더군다나 이건 해외에서도 먹혔지.'

다른 영화들은 한국적인 정서가 너무 강해서 해외에서 그다지 좋은 반응을 이끌어 내지 못했지만 〈전우의 길〉은 전쟁이라는 소재와 형제애라는 공통된 개념을 가지고 제법 많이 수출되었다.

'지금이 기회다.'

자신의 기억이 맞는다면 〈전우의 길〉은 제작비가 생각보다 많이 들어서 광고비로 인해 압박을 받고 있을 시점이었다.

"대출받도록 하지요."

"대출받으려고 하신다고요?"

"네."

담당자는 시큰둥하게 노형진을 바라보았다.

"한 2억 정도입니다."

"2억이라, 큰돈이네요. 목적은요?"

"투자를 좀 해 볼까 하고요."

"투자?"

갑자기 그의 얼굴에 어리는 비웃음. 하긴 투자한답시고 빌려 가서 몽땅 날려 버리는 인간이 어디 한두 명이겠는가?

"2억이나 하시려면 직업이 좋으셔야 할 텐데."

"뭐, 나쁘지는 않습니다."

"뭔데요?"

"변호사입니다."

"뭐요?"

"변호사요."

순간 담당의 얼굴이 딱딱해졌다. 그러고는 버럭 소리를 질렀다

"이런 애새끼가 어디서 나쁜 것만 배워 가지고 구라질이야? 구라질이? 뭐? 변호사? 장난해? 세상이 그렇게 만만해 보이냐, 이 존만아?"

"애새끼? 존만이?"

난데없이 튀어나오는 욕에 노형진은 순간적으로 말문이 턱 막혔다. 그러자 그걸 보고 걸려서 입을 다물었다고 생각했는지 대출 담당자는 더욱 그를 몰아붙였다.

"이 씨발 새끼, 네가 간땡이가 부었구나. 콩밥 먹고 싶어

서 안달하지? 너 기다려. 너 이 새끼, 나한테 사기를 쳐? 경찰 불러! 경찰!"

그걸 보고 노형진은 고개를 흔들었다.

'쯧쯧, 보아하니 실력도 없는 놈이군.'

확실히 노형진은 변호사를 하기에는 너무 어려 보이는 외모를 가지고 있다. 이제야 스물한 살. 더군다나 딱히 육체적으로 고생하면서 자란 것이 아닌지라 더 어려 보였다. 그래서 모르는 사람이 보면 고등학생이 정장을 입었다고 하기도 했다.

"여기 증거도 있습니다. 변호사 신분증이죠."

"어쭈구리? 문서위조까지 해? 너 죽었다고 복창해라. 경비! 경비!"

아예 사기를 친다고 확신한 그는 노형진을 몰아붙였고, 잠시 후 경비와 경찰이 함께 들어왔다.

"너냐, 사기꾼이?"

"허, 생각보다 어린놈일세. 하여간 요즘 애들은 세상 무서운 걸 몰라요."

아예 확신하고 들어오는 두 명의 경찰의 모습에 노형진은 얼굴을 찌푸렸다.

"가자."

"어딜요?"

"어디긴, 콩밥 먹으러 가자고."

"하아."

경찰의 어이없는 행동에 노형진은 한숨을 쉬고는 그 둘을 바라보았다.

'혼 좀 내줘야겠네.'

직원도, 경찰도 아예 기본이 안 된 인간들이었다.

"체포입니까, 아니면 임의동행입니까?"

"뭐?"

"체포인가요, 아니면 임의동행인가요?"

"당연히 체포지."

"그럼 영장은? 그리고 당신들의 신분은? 아니, 그 전에 미란다원칙은?"

노형진이 몰아붙이자 순간 얼굴이 딱딱해지는 경찰들.

"크흠…… 영장은…… 그래, 현행범 긴급체포다. 긴급체포."

여전히 신분과 미란다원칙을 알려 줄 생각이 없는 두 사람.

"그래요? 그러면 내가 현행범이라는 증거 있습니까?"

"뭐라고?"

"현행범이라는 증거 있느냐고요."

"당연히 네가 위조한 변호사증이 있지."

"이것의 사실 여부는 확인하지 않았잖습니까?"

"그게 진짜일 리가……."

하지만 두 경찰의 눈에는 약간의 걱정의 빛이 번득거리기 시작했다. 아무리 봐도 자신들을 대하는 행동이 아예 법에 대해서 모르는 게 아니었기 때문이다.

"신분 조회도 안 하고 현행범 체포라니. 이거, 경찰에 정식으로 항의하겠습니다."

"크흠…… 잠깐……."

신분증을 가지고 확인차 어디론가 전화하는 두 경찰. 그리고 흐르는 침묵. 아마도 사실 확인을 위해서일 것이다. 그리고 잠시 후.

따르릉.

"어?"

노형진의 핸드폰이 울렸고 노형진은 무심결에 그 전화를 받았다.

"어이, 노 변호사."

"송 변호사님? 이 시간에 어쩐 일입니까? 뭔 일 있나요?"

"그게 아니라 경찰이 삽질하고 있다면서?"

"네? 어떻게 아셨어요?"

"어떻게 알긴, 우리한테 연락이 오니까 알지."

"아아."

분명 저들은 경찰청에 문의했을 테고 그 전화를 받은 경찰청에서는 변호사회에 문의했을 것이다. 그리고 변호사회에서는 본인이 현장에 있는 그 사람이 맞는지 확인차 회사에 전화했을 테고.

"이거 이거, 동안이라고 마냥 좋은 건 아닐세."

"하하하."

노형진은 어색하게 웃었고 때마침 전화가 오자 한 경찰이 받아 들었다. 그리고 곧 얼굴색이 창백해지기 시작했다.

"일단 끊겠습니다."

"그래, 이따가 보세."

탁하고 끊어지는 전화. 노형진은 경찰들을 보면서 의미심장한 미소를 지었다.

"신분 확인은 끝났지요?"

"헉…… 네네……."

경찰들은 깜짝 놀랐다. 자신들이 막 대한 사람이 설마 진짜 변호사라고는 생각하지 못했던 것이다. 만약 시위 현장에서 만났다면 가차 없이 두들겨 팼을 것이다. 그러나 다행히 여기는 그런 곳이 아니었다.

"나중에 정식으로 경찰청에 항의하겠습니다."

"아니, 저기, 변호사님…… 그게 아니라……."

"가십시오."

"한 번만…… 용서를……."

"경찰이 할 말은 아닌 것 같습니다만? 아니면 지금 경찰청에 연락할까요?"

그 말에 두 사람은 고개를 푹 숙였다. 좋게 생각하면 그들이 실수한 것일 수도 있다. 그러니 봐줄 수도 있다.

하지만 용서할 수 있는 실수와 용서할 수 없는 실수가 있는 법이다. 이들은 경찰이고 수사를 하는 사람들이다. 그들이 색안경을 끼고 수사하면 멀쩡한 사람도 범죄자가 된다.

그런데 저들은 자신에게 색안경을 끼고 먼저 접근했다. 이는 즉, 애초에 경찰로서의 자질이 없다는 뜻.

"나가세요."

"네."

힘없이 나가는 두 사람. 노형진이 홀로 남은 담당자를 잔인한 얼굴로 돌아볼 때 다시 전화기가 울렸다.

"여보세요?"

"여, 동생?"

"소영이 누나?"

강소영이었다. 대룡에 들어가고 난 후에 가끔 연락을 주고받기는 했지만 하필 이때 연락이 오다니?

"이 시간에 어쩐 일이에요? 안 바빠요?"

"바쁘지. 그래도 우리 작은 변호사님이 고생한다는데 전화는 해 줘야지."

"그건 또 어떻게 아신 거예요?"

사건이 벌어진 지 20분도 안 지났다. 그런데 강소영에게까지 들어가다니?

"동생도 알잖아. 동생이 우리 집중 마크 대상인 거."

"하하하……."

한번 맺어진 인연은 쉽게 끊어지지 않았다. 대룡의 후계자를 찾아준 것으로 끝난 게 아니라 그쪽에서 지속적으로 관심을 가지고 노형진을 지켜보고 있었다.

"그래서 전화하신 거예요?"

"뭐, 겸사겸사."

"에효."

"그쪽에는 잘 이야기했으니 걱정하지 마."

"아니요, 잠깐만, 잘 이야기해 주실 필요는……."

노형진은 그런 강소영을 말리려고 했지만 그 말이 과거형이라는 사실을 깨닫고는 입을 다물었다.

'이런, 이런.'

그녀는 약간 순진한 면이 있다. 그래서 이런 위계질서가 강한 곳에서는 그런 행동의 파급력이 얼마나 강한지 생각하지 못했으리라. 아니나 다를까.

벌컥!

"점장님?"

상담실 문이 열리면서 안으로 들어온 사람은 다름 아닌 점장이었다.

"죄송합니다."

얼굴이 붉어진 점장은 분노 반 당황 반인 상태였다. 느긋하게 점심을 먹고 휴식을 취할까 생각 중이었는데 난데없이 대룡그룹 비서실에서 직접 전화가 온 것이다. 그러고는 사람을 대하는 게 너무 예의가 없다면서 대놓고 말하는데 손이

와들와들 떨릴 정도였다.

"너…… 당장 나와."

"네? 하지만 점장님."

"당장 안 튀어나와!"

점장이 화난 듯하자 바로 눈치를 보면서 안에서 나오는 담당자.

"즉시 다른 사람을 보내 드리겠습니다."

"아니, 그럴 필요까지는……."

"아닙니다. 저희가 잘못했으니까요. 죄송합니다."

바깥으로 끌려 나가는 남자와 홀로 남은 노형진. 그리고 그 뒤에서 들리는 목소리.

"자네! 내가 몇 번이나 그런 고압적인 자세를 고치라고 했지? 대출받으러 왔다고 해서 고객님이 우리보다 아래에 있는 건 아닌 거라고 몇 번이나 말했잖나!"

"죄송합니다, 점장님. 고치겠습니다."

"아닐세. 고칠 필요 없네. 자네, 내일부터 나오지 말게."

"헉! 점장님! 한 번만 봐주십시오!"

"봐줘? 지금 자네가 무슨 사고를 쳤는지 아나? 위에서 지금 이사단을 모으고 난리도 아니야!"

"헉!"

그걸 듣고 노형진은 괜스레 씁쓸한 얼굴이 되었다.

"뭐, 결과적으로 나쁘지는 않았네."

약간의 소동이 있었지만 도리어 전화위복이라고나 할까? 훨씬 좋은 조건으로 대출받을 수 있었다. 최대 대출금이 2억에서 5억으로 늘었고 이자도 싸졌기 때문이다. 물론 원금만 회수되면 바로 갚을 생각이지만 말이다. 노형진은 그 돈을 가지고 바로 그곳을 찾아왔다. 사전에 이야기해 놨기 때문에 그가 들어가자마자 감독이 바로 튀어나왔다.

"반갑습니다."

"반갑습니다. 노형진입니다."

"강재성입니다."

마침 강재성은 영화를 만들고 난 후 투자비 때문에 머리가 아픈 상황이었다. 생각보다 제작비가 많이 들어가는 바람에 홍보비가 턱도 없이 부족하게 된 것이다.

"이번에 영화에 좀 투자하려고 하는데요."

"영화에 투자해 주신다면 저희야 감사하죠. 이번 작품은 진짜 잘될 작품입니다. 촬영 막바지라 아직 필름이 없지만."

"압니다. 그러니까 투자하려고 하는 거죠. 하하하."

농담이 아니다. 〈전우의 길〉은 한국 영화사에서 블록버스터의 기준을 세웠다고 표현할 만큼 잘 만들어진 작품이었다.

'이 사람이 어쩌다가 그렇게 되었는지. 쯧쯧.'

강재성은 재능이 있는 사람이었다. 다만 이 영화가 너무 크게 성공한 것이 패인이었다.

이 영화를 만들 때만 해도 조언을 잘 듣고 감각 있는, 뛰어난 감독이라는 평이 많았는데 이 영화가 크게 성공한 이후 남의 말도 안 듣고 사람을 무시하는 감독으로 돌변한 것이다. 그러고는 수백억짜리 영화를 대차게 말아먹으면서 재기도 하지 못하고 몰락해 갔다.

"영화 자체는 좋습니다. 다만 홍보가 부족하다는 의견이 있어서요."

그 말에 강재성은 고개를 끄덕거렸고 노형진은 이어서 말했다.

"그래서 투자하려고 하는데요."

"그래 주시면 감사하죠. 그럼 얼마나 해 주실 수 있는지……."

"한 9억이면 되겠습니까?"

"9억!"

노형진이 만든 9억은 전 재산이나 마찬가지였다. 대출받은 5억과 그동안 모아 놓은 주식들을 담보로 빌린 2억. 그리고 갖고 있는 현금 자산에, 심지어 보증금까지 다 털어서 모은 돈.

'모 아니면 도다.'

모일 가능성이 높다고 하지만 역사가 어떻게 바뀔지는 모를 일이다. 당장 새론만 해도 자신의 기억에 없는 회사이고, 대룡만 해도 결국 성화에게 저항도 못 하고 잡아먹혔다.

"그렇게나 많이요?"

"네."

"감사합니다!"

강재성의 얼굴에는 환한 미소가 떠올랐다. 안 그래도 홍보비의 부족으로 애써 만든 영화가 떠 보지도 못하고 망하는 게 아닌가 하는 고민을 하고 있었는데 말이다.

"단, 조건이 있습니다."

"조건?"

"이 돈은 회사가 아닌 직원에게 드리는 걸로 하고 싶은데요."

"직원?"

"네, 제가 알기로는 스태프들에게 월급도 제대로 못 주고 있다고 알고 있는데요? 아닌가요?"

"크흠."

그 말에 강재성은 왠지 곤란한 얼굴이 되었다. 사실이기 때문이다.

'아주 고질적인 문제지.'

한국 영화 판의 고질적인 문제. 그건 다름 아닌 임금에 대한 지급이었다. '열정 페이'라는 이름으로 터무니없는 월급을 책정하는 건 기본이고 그마저도 대부분 안 주는 경우가 많다.

어떤 식이냐 하면 영화사를 만들어서 영화를 만들고 그걸 개봉한 후 영화사를 폭파시켜 버리는 거다. 그럼 출연한 주요 배우들을 제외한 단역이나 엑스트라 그리고 스태프들은 돈을 못 받는 경우가 허다했다.

"그건 좀……."

"어차피 나갈 돈 아닌가요?"

〈전우의 길〉도 그 부분에서 문제가 없는 게 아니었는데, 실제로 월급이 완납되는 데까지 걸린 시간이 무려 2년이었다.

"하지만 홍보비가……."

"어차피 월급으로 나갈 돈으로 홍보할 거 아니었습니까?"

강재성은 묘한 얼굴이 되었다. 노형진이 생각보다 영화 판에 대해서 잘 안다는 걸 눈치챈 것이다.

"거절하시면 다른 쪽으로도 방법이 있지요."

"방법?"

"네."

사람을 회유하려면 당근과 채찍이 있어야 하는 법이다. 당근을 내놨으니 채찍질을 해야 하는 상황.

"가령 직원들이 월급을 못 받았다고 상영 금지 가처분 신청 같은 요구를 하면 어쩌려고 그러십니까?"

그 말에 얼굴이 딱딱해지는 강재성. 노형진이 변호사라는 사실은 사전에 들어서 알고 있었다. 즉, 조건이 안 받아들여지는 경우 그들을 모아서 소송도 불사하겠다는 뜻이다.

'이런…….'

만만한 투자자라고 단순하게 생각했는데 생각보다 훨씬 위험한 인물인 걸 안 강재성은 머리가 아파 왔다.

'거절해? 거절하자니 돈이 급하고. 더군다나…… 그냥 넘어갈 것 같지는 않고.'

진짜로 노형진이 월급을 받지 못한 사람들을 모아서 소송을 걸면 영화는 시작도 하기 전에 망한다.

이미지라는 게 있는데 월급도 안 주고 부려 먹어서 만든 영화라는 소문이 나면 누가 보러 오겠는가? 근데 그렇다고 시키는 대로 하자니 그에게 끌려 다닐 것 같았다.

'이쯤에서 다른 사탕을 던져 볼까?'

노형진은 미소를 지으면서 강재성을 바라보았다.

"그 대신에 제가 해외 기업과 협상할 때 동석해 드리죠. 무료로 말이지요."

"네?"

"해외에 판매하실 생각이죠?"

"네."

당연하다. 그러니 이렇게 돈을 들여서 만든 거다. 그럴 계획이 없다면 적당히 조폭 영화나 만들면 되는 것이다.

"제가 미국 법에 대해서 잘 압니다. 미국 변호사 시험을 준비 중이거든요. 상당히 도움이 될 겁니다."

"오! 국제 변호사요?"

"그런 거 없습니다. 보통은 현지 컨설턴트라고 하지요. 하여간 미국 법에 대해서 잘 아니 협상을 도와 드리지요."

사람들은 잘 모르지만 〈전우의 길〉은 해외에서 반응이 좋았는데 크게 돈은 못 벌었다. 이유는 하나. 강재성이 경험이 없는 작은 투자 회사와 엉겁결에 계약했기 때문이다. 그 바

이것이 법이다

람에 판권을 빼앗겼고 결국 상영관 수가 많이 부족해서 큰 수익을 못 낸 것이다.

'하지만.'

자신이 메이저급과 연결해 줄 수 있다면 엄청난 대박이 될 것이다. 그런 곳은 전 세계 유통망을 가지고 있으니 말이다.

"으으으……."

"파라마운틴은 어떻습니까?"

"파라마운틴!"

미국의 3대 메이저 유통사로 그곳은 전 세계 배급망을 가지고 있다. 지금 자신들이 협상하는 곳과 비교도 할 수 없는 곳이다.

"어떤가요?"

"크흠……."

투자는 둘째 치고 파라마운틴을 잡을 수만 있다면 그다음은 승승장구할 수밖에 없다.

"그래 주시면 감사하죠."

결국 강재성은 고개를 끄덕거렸다. 그가 주는 돈을 임금으로 돌려도 여전히 많은 부분이 남는 데다가 파라마운틴급의 인맥을 가진 사람 역시 드물기 때문이다.

"그럼 계약할까요?"

노형진이 계약서를 꺼내 들자 강재성은 그에 동의했다. 계약은 어렵지 않았다. 일반적인 계약서가 존재하는 데다가 기존 투자자들이 있으니 그에 준하여 계약하면 되기 때문이다.

다만 진짜로 파라마운틴과 계약할 경우, 2억의 소개비를 따로 받기로 했다. 노형진은 공짜라고 했지만 강재성은 그 정도 투자할 가치가 있다고 생각했기 때문이다.

"잘 부탁드립니다."

노형진과 강재성이 두 손을 꼭 잡는 그때, 마침 문이 열리면서 한 명이 들어왔다.

"감독님? 아, 죄송해요. 손님이 계셨네요."

"오! 박하나 양. 아니야, 다 끝났네. 자네도 소개받아야지. 이분은 노형진 씨야. 이번에 우리 영화에 투자하는 분이지. 노형진 씨, 박하나 양입니다. 이번 영화에 출연하신 분이지요. 미래가 창창한 분입니다."

"네."

하지만 노형진은 그녀를 보면서 가슴이 욱신거리는 것을 느꼈다.

'멍청하긴.'

영화로 돈 벌 생각만 했지, 완전히 잊어버리고 있었다. 그 뒤에 있는 희생, 아니 피해를 말이다.

'내가 왜 그녀를 생각하지 못했지?'

박하나는 미래가 촉망되는 배우였다. 이번 영화로 크게 인지도를 높였다. 하지만 그게 문제였다.

모 신문사 사장이 그런 그녀에게 흑심을 품고 성 접대를 요구했고 그 요구에 지친 그녀는 결국 자살이라는 극단적인 선택을 하고 말았다. 그리고 당연하게도 그 사장은 어떤 처벌도 받지 않은 채로 슬며시 빠져나가 버렸다.

"반갑습니다. 노형진입니다."

"박하나예요."

박하나는 노형진이 왜 그렇게 반가워하는지 이해하지 못했다.

"팬이었습니다."

"아! 네."

그렇다면 이해가 간다. 아직 지명도만 없을 뿐이지, 그녀의 연기력을 아는 사람들은 다 아니까.

"투자해 주신다고요? 감사합니다."

"감사는요. 좋은 영화에 투자하는 거야 당연한 일이지요."

노형진은 미소를 지었다. 어찌 되었건 과거로 돌아와서 그녀를 도울 기회가 생긴 것이기 때문이다.

"그나저나 어쩐 일이야, 연락도 없이?"

"그게…… 아니에요."

말하려다가 마는 박하나를 보면서 노형진은 대번에 눈치챘다.

'슬슬 이쯤인가?'

본격적으로 접대 요구가 들어올 시점이 이쯤일 것이다.

'도와줄 방법이 없을까?'

사건을 크게 만들기? 그건 노형진의 특기이기는 하지만 상대방이 너무 좋지 않았다. 소송하기? 그런 게 먹히는 인간이면 고민도 안 한다.

　'그렇다면…….'

　노형진은 한참 고민하다가 문득 좋은 생각이 났다.

　'그래, 아예 손도 대지 못하게 만드는 거야.'

　지금 그녀는 포지션이 어정쩡해서 그 녀석이 손대는 것이다. 하지만 대지 못할 위치로 만들어 버리면 그도 포기할 것이 분명하다.

　"박하나 씨."

　"네?"

　"혹시 시간 있어요?"

　"벌써 데이트 신청입니까? 하하하."

　웃으면서 말하는 강재성이지만 약간 당황한 얼굴이었다. 이 바닥에서 남자가 여자를 만났을 때, 그리고 그 남자가 갑일 때 무슨 일이 벌어지는지 모를 그가 아니기 때문이다.

　"아닙니다. 제가 아는 분이 계신데 하나 씨의 열렬한 팬이거든요. 전부터 꼭 한번 만나 보고 싶어 하셨습니다."

　"누구신데요?"

　"강소영이라고 합니다. 아마 하나 씨와 동갑일 겁니다."

　'이럴 때 써먹으라고 있는 게 인맥 아니겠어?'

　어떤 사람들은 인맥을 부정적으로 보지만 인맥은 생활이

고 삶이다. 부정할 수만은 없다. 더군다나 나쁘게 쓰는 것도 아닌데 누가 뭐라고 할까?

"강소영?"

그저 그런 사람이라면 사인이나 해 주는 거지, 직접 만나자는 소리를 할 리가 없기에 고개를 갸웃하는 두 사람.

"아, 잘 모르시려나? 대룡그룹의 상무입니다."

"대룡의 상무!"

그 말을 들은 두 사람은 깜짝 놀랐다. 대룡그룹이 어떤 그룹인지 모르는 바가 아니기 때문이다. 더군다나 노형진의 말에 따르면 그녀는 박하나와 동갑이라는 건데 상무라니? 그건 아무리 능력이 좋아도 절대 불가능한 일이다.

"그 나이에 어떻게……. 대단하군요."

"대룡의 유민택 회장님의 며느리거든요."

"아!"

그 말에 탄성을 지르는 사람들. 지금 대한민국에 대룡과 성화의 관계를 모르는 사람은 없다. 더군다나 거기에는 유일하게 남은 한 명의 대룡의 후계자에 대한 이야기가 얽혀 있다. 그런데 며느리라는 건 다시 말해서 대룡 후계자의 어머니라는 소리.

'그 정도면 그 나이에 상무할 수 있지.'

실질적으로 유민택과 후계자인 영민이 사이에서 배턴을 넘겨야 하는 사람이니 후계자 수업을 받아야 하니까.

"어떻게, 시간 되십니까?"

"당연히 되지요."

그럼 사람이라면 다른 약속을 취소하는 일이 있어도 만나야 하기에 격하게 고개를 끄덕거리는 박하나. 그걸 보면서 강재성은 속으로 환호성을 질렀다.

'대박이다!'

그저 단순한 투자자인 줄 알았는데 한 그룹의 후계자를 개인적으로 불러낼 수 있고 파라마운틴과의 협상을 주선할 정도의 인맥을 가진 사람은 결코 흔하지 않다.

"그럼 바로 약속을 잡지요."

노형진은 바로 전화기를 들었다. 이런 건 길게 끌어 봐야 의미가 없기 때문이다.

"누나, 잘 부탁해요."

"걱정 마. 안 그래도 혼자 있다 보니 외로웠거든."

노형진은 강소영에게 박하나와 친하게 지내 달라고 부탁했다. 사정을 들은 강소영은 흔쾌하게 허락했다. 어려운 부탁도 아니고 가끔 연락하면서 친하게 지내 달라는 것 아닌가?

그리고 강소영 본인도 아무리 좋게 끝났다고 하지만 남자에게 데였던 경험이 있으니 동병상련을 느끼고 있었다.

"그런데 그런다고 막을 수 있을까?"

"그럼요."

"왜?"

"아무리 거대 신문사라 해도 조심하는 건 조심하니까요."

박하나는 연예인이다. 그리고 기자가 따라다닌다. 따라서 그녀가 강소영과 친하다는 건 그 망할 놈의 사장의 귀에 들어갈 수밖에 없다. 그리고 아무리 사장이 여자에 환장한다고 해도 대룡에 척지는 것에 비할 바는 아니다.

물론 싸우려면 싸울 수도 있다, 메이저급 신문이니. 그러나 그 후에 남는 건 없다. 어찌어찌 이긴다 해도 그에게 남는 건 성 상납을 받는다는 꼬리표와 대룡과의 악감정뿐이다.

따라서 그 모든 것을 감수하면서까지 박하나를 만나기에는 부담스러울 것이다.

"원래 그런 인간들은 그런 거 하나하나 알아보고 건드려요."

만일 박하나가 거대 회사 소속이었다면 절대 요구하지 못했을 것이다. 그들은 나름의 인맥을 가지고 있기 때문이다.

"알았어. 그럼 넌 어쩔 거야? 바로 갈 거야?"

한참 수다를 떨다가 나온 탓에 안에서 기다리는 박하나를 힐끗 바라보는 강소영.

"저요? 전 이제 일하러 가야죠, 홍콩에."

"홍콩? 거기는 왜?"

"약속한 게 있으니 빨리빨리 하고 제 일에 집중해야죠. 쇠뿔도 단김에 빼라고 하잖아요."

돈을 벌기 위해 꼭 해야 하는 일이 있었다.

"누나, 그럼 잘 부탁해요."

강소영에게 박하나를 소개시켜 주고 나온 노형진은 바로 전화를 들었다. 한국에는 파라마운틴의 지사가 없다. 하지만 홍콩에는 지사가 있다. 그리고 그곳의 지사장을 노형진은 잘 알고 있었다.

'미래 인맥도 인맥이지, 뭐. 흐흐흐.'

"반갑습니다."

홍콩 지사의 밥 존슨 지사장은 자신을 만나기로 한 동양인을 보고 인사를 건넸다.

"잘 지내셨습니까, 밥?"

'밥?'

순간 당황하는 존슨. 밥이라고 부를 정도면 엄청 친하다는 뜻인데.

'누구지?'

처음 보는 사람이었기 때문이다.

"엘리자베스는 잘 크고요?"

"네…… 잘 큽니다."

"하하하, 조카만 보지 마시고 이제 밥도 결혼하셔야지요."

"해야 하는데, 하하하."

밥은 웃으면서도 속으로 진땀이 바짝바짝 났다. 그도 그럴 것이, 엘리자베스는 그의 조카딸이기 때문이다. 조카까지 아는 걸로 봐서는 자신에 대해서 잘 안다는 건데…….

'뒷조사를 했나?'

그럴 가능성도 있다. 자신은 파라마운틴의 동양 지사장이라 동양에서 미국으로 진출하고자 하는 많은 사람들이 만나러 오니까.

"그러니까 수잔을 확 잡으라니까요."

"수잔?"

"전에 말씀하신 붉은 머리 아가씨 말입니다."

'으헉!'

그 말에 존슨은 깜짝 놀랐다. 수잔은 우연히 웨이트리스로 일하는 모습을 보고 반한, 그와 나이 차가 좀 나는 아가씨이기 때문이다.

'뒷조사가 아니야?'

뒷조사라면 수잔에 대해서는 몰라야 한다. 그가 그녀에게 관심을 가지고 있다는 건 아주 친한 몇 명만 알고 있는 탓이다.

"밥, 맨날 자기는 황금 이빨이니 뭐니 그러면서 정작 그렇게 말을 못 하면 어쩝니까?"

"하하하."

밥은 죽을 지경이었다. 저쪽은 자신에 대해서 잘 아는데 정작 자신은 기억이 나지 않기 때문이다. 말하는 걸 봐서는 뒷조사를 한 것도 아니니 그렇다면 자신이 기억하지 못한다는 건데.

"저기, 형진 노?"

"형진이라고 부르라니까요."

"죄송합니다, 형진. 사실은…… 제가…… 기억이 잘…….'"

그 말에 노형진은 약간 섭섭하다는 표정을 지었다.

"끄응…… 소문이 사실이었군요……. 뭐…… 그럼 어쩔 수 없지요."

"제가 형진과 친했나요?"

"무척 친했지요."

"미안합니다, 기억이 가물가물해서."

노형진인 그를 노리는 데에는 다 이유가 있었다. 그가 얼마 전의 사고로 기억 혼란을 약간 겪고 있다는 사실을 알고 있었기 때문이다.

'뭐, 미래의 인연이지만.'

사실 존슨과 형진이 만나는 건 형진이 미국으로 간 후 파라마운틴의 소송을 대리하면서 만난 것이다. 서로 의기투합해서 자주 술을 마시러 다녔고 시시콜콜한 이야기까지 다 했다. 당시 아내였던 수잔에 대한 이야기는 기본이었고 말이다.

물론 자세하지 못한 부분도 있지만 그 부분은 기억을 읽어 내면서 대충 이야기를 만들어 내고 있었다. 이제 사이코메트리를 쓰는 데에도 능숙해져서 전처럼 집중하지 않아도 읽어 낼 수 있었다.

"한잔하시겠습니까?"

"네."

형진은 일어나 미리 준비된 곳에서 능숙하게 마티니 하나를 만들었다. 아시아 지부장쯤 되니 사무실 안에 작은 바가 있었다.

"젓지 않고 흔들어서 올리브는 두 개. 맞죠?"

"하아, 미안합니다."

이렇게 자신의 취향까지 다 알 정도면 엄청 친했다는 건데 기억을 못 한다는 사실에 그는 죄책감을 느꼈다.

"아닙니다, 밥. 그럴 수도 있죠. 그보다 범인은 잡았습니까?"

"아직……."

"그러니까 제가 홍콩의 밤거리는 치안이 좋지 않으니 함부로 다니지 말라고 했잖습니까?"

"그랬나요?"

"네."

물론 그런 적 없다. 하지만 알 게 뭔가? 무슨 말을 해도 모를 텐데.

"형진의 말을 들을 걸 그랬습니다."

밤중에 강도를 만나 머리를 다쳐서 약간의 기억상실이 온 것이다. 다행히 업무 관련은 아니었지만 말이다.

"뭐, 어쩌겠습니까? 그나저나 아직도 결정 못 하셨습니까?"

"어떤……."

"거기 있는 점 말입니다."

"웁스……."

그 말이 쐐기였다. 사실 밥은 말하기 묘한 위치에 점이 있는데 그 점을 볼 때마다 여자들이 깔깔거려서 뺄까 고민 중이었다. 문제는 그 부분이 너무 예민하게 통증을 느끼는 부위라 부담된다는 것.

'그걸 알다니……. 이거 이거, 엄청난 실수로군.'

서양에서는 남자들이 같이 목욕하는 경우가 드물다. 그런데도 그걸 알 정도면 엄청 친했다는 거다. 그건 절대로 뒷조사로는 알 수 없는 정보다. 직접 보면 모를까.

"냅둬요. 어차피 결혼하면 한 사람만 볼 텐데 뭘 뺍니까?"

"하하하."

미래에도 안 빼기는 했다. 그렇기 때문에 노형진은 당당하게 말할 수 있었다.

"미안합니다, 형진. 그런데 어쩐 일로 오신 겁니까?"

"밥이 쓸 만한 영화가 있다면 소개 좀 시켜 달라고 하지 않았습니까? 그래서 하나 들고 왔지요."

"그렇군요."

아무리 존슨이라 해도 모든 영화를 볼 수 없기 때문에 그런 부탁을 했던 것을 그는 기억하고 있었다.

"네, 뭐 나쁜 영화는 아닌 것 같아서 같이 볼까 하고 왔습니다."

"흠……."

처음부터 업무적으로 다가오는 것과 개인적으로 다가와서 권하는 것은 그 거부감의 정도가 다르다. 더군다나 한창 기억하지 못하는 일 때문에 잔뜩 미안해하고 있는 데다가 자신의 부탁으로 여기까지 온 것이니 말이다.

'그리고 그게 내가 노리는 일이었지.'

"같이 영화나 보고 칭타오나 먹으러 갈까요? 이 근처에 삼겹살 집이 있습니다."

"오!"

밥이 가장 좋아하는 맥주는 중국의 칭타오이고 가장 좋아하는 안주는 한국의 삼겹살이다. 물론 이렇게 파는 경우가 드물기 때문에 집에서 바비큐 그릴로 만들어 먹는다.

"그렇게 파는 곳이 있나요?"

"한 곳이 있더군요. 한국 식당입니다."

"좋습니다."

그는 젊어 한국에서 기자 생활을 했기 때문에 삼겹살을 무척이나 즐기는 편이었다.

"그나저나 저도 온 김에 보긴 하는데 자막이 없어서요."

"저도 한국어를 어느 정도 하니까 괜찮습니다."

"그럼 바로 보죠."

"그럴까요?"

어차피 영화를 보는 것은 그의 업무다. 그러니 기꺼이 볼 만했다. 더군다나 자신이 기억하지 못할 뿐이지, 친우의 방문이 아닌가?

그렇게 보기 시작한 영화가 끝나자 존슨은 입을 떡 벌렸다.

"이게 한국에서 만든 영화라고요?"

"괜찮지요?"

"대단합니다."

그도 기자 노릇을 했기 때문에 한국에서 영화를 몇 번이나 본 적이 있었다. 하지만 한국 영화는 대부분 수준이 낮아서 아예 관심 밖에 있었다.

그런데 오늘 본 영화는 미국의 대작만큼 화려하지는 않지만 그 안에 흐르는 형제의 우애와 비극적인 삶이 그의 가슴을 관통하는 것 같았다. 그 역시도 형제가 있기 때문에 그들의 마음에 충분히 공감이 갔다.

"언제 이런 영화가……."

"이번에 새로 나온 겁니다. 저도 선물받았지요."

"선물?"

"네, 아는 사람이 투자자용으로 나온 걸 보내 주더군요."

그 말에 순간 존슨의 얼굴이 빛났다.

"그럼 정식 개봉한 건 아니라는 뜻인가요?"

"네."

그렇다면 아직 미국 판권이 팔리지 않았을 수도 있다. 이런 스토리라면 직접 배급은 하지 않더라도 리메이크할 가치가 있다. 일단 그의 입장에서는 영화가 주는 감동과 충격에 비해서 저예산 영화이니 투자 가치도 있고 말이다.

"제작자를 한번 보고 싶군요. 바로 한국에 갈 수 있을까요?"

"후회할 텐데요?"

"무슨 말이죠, 형진?"

"지금 한국에 가면 칭타오와 삼겹살을 함께 파는 가게를 못 보게 되지 않습니까? 내가 없어도 가서 한 잔씩 해야지요."

"오우! 그 생각을 못 했군요. 하하하."

"오늘 저녁은 그걸로 하고 내일 저녁은 한국에 가서 홍어 삼합으로 합시다."

"으윽."

"하하하, 농담입니다. 밥이 제일 싫어하는 거 모를까 봐서요. 밥이 잘 가던 '전원일기'라는 감자전 집, 아직 있습니다. 아주머니도 보면 반가워할걸요?"

"오! 아직도 있습니까? 기대되는군요. 아주머니가 맨날 코쟁이라고 하면서 놀렸는데."

"그래서 코쟁이는 많이 먹는다면서 감자전이 더 두툼했잖습니까?"

"맞습니다. 하하하."

존슨은 과거 이야기가 나오자 절대 의심하지 않았고, 노형진은 작전 성공에 미소를 지으면서 만세를 불렀다.

'이제 성공이야.'

영화에 대한 투자를 한국에만 하라는 법은 없다. 이렇게 하나의 라인을 만들었으니 앞으로도 그를 통해 해외 영화에 투자하면 될 테고, 그렇게 되면 막대한 돈을 벌 수 있을 것이다.

'이제부터 시작이야.'

누구에게도 간섭받지 않고 당당하게 설 수 있을 변호사가 되는 건 지금부터가 시작이었다.

인연이란 모르는 것

"으아아! 송 대표님! 누굴 죽일 생각이에요!"

"아니, 왜 그래?"

"'왜 그래?'라니요? 대체 60건이 뭡니까!"

무태식은 울부짖으면서 외쳤다. 그럴 수밖에 없는 게, 그에게 배당된 사건이 무려 60건이었기 때문이다.

"어허! 수제자가 그러면 쓰나. 스승은 80건을 하고 있거든?"

"괴물 같은 노 변호사님이랑 우리 같은 인간이랑 똑같아요?"

"그래도……."

수제자란 노 변호사에게 직접적으로 스킬을 배운 사람들을 뜻하는 농담 반 진담 반인 말로, 현재는 새론의 주요 멤버로 급부상 중이었다.

그리고 수제자가 되고 싶어 하는 사람은 아직도 많았다.

문제는…….

"나도 인간입니다. 살려 주시죠."

노형진 역시 두 손 두 발을 다 들 정도였다는 것이다.

"좀 많은가?"

"송 변호사님, 우리가 힘든 사람들을 도와주는 변호사가 되자고 했지, 과로 지원 모임을 만들자고 한 건 아니지 않습니까?"

"끄응, 하긴…….''

현재 엄청나게 밀려든 사건으로 인해서 새론에 속한 변호사 한 명당 50건이 넘는 사건이 배당되고 있었다. 문제점은 새론의 적은 변호사의 수. 노형진까지 합친다고 해도 인원이 고작 열두 명이라는 것. 즉, 마구 밀려드는 약 3천 건의 사건들을 커버할 수가 없다는 것이다.

"다른 곳으로 좀 보내요."

"나야 그러고 싶지. 하지만 의뢰인들이 막무가내인걸. 청구 기간이 3년이니까 그 기간을 기다리는 한이 있어도 여기서 하겠다는데."

"젠장."

"성부하고 제티스가 그렇게 죽 쑬 거라고 예상이나 했나."

성부와 제티스는 새론과 마찬가지로 노예 구출 사건에 어떻게 선을 대서 사건을 일부 넘겨받은 로펌이었다. 정부에서는 전국에 대하여 대대적으로 검문과 현장 확인을 시작했고 그 과정에서 납치나 구타 등으로 잡혀 있던 수많은 노예들을 발견했다.

분노한 대통령은 납치 및 노예 문제와의 전쟁을 선포했고 이제 염전이 아닌 공장부터 사창가에까지 수사가 퍼지고 있었다. 그 결과, 수천 건의 민사사건을 진행해야 하는 상황이 온 것이다.

문제는 성부와 제티스는 노형진의 스킬과 공략 방식 등을 전혀 알지 못한 채 과거와 마찬가지의 방식으로 재판에 임했고 그 결과, 배상금이 새론에 비해서 채 절반도 안 되는 상황이 되어 버린 것이다.

덕분에 사건이 죄다 이쪽으로 몰려오는 것만으로도 부족해서 그쪽에 있던 사람들까지 2심을 이쪽에 맡겨 버리는 바람에 난장판이 되어 버렸다.

"사람 좀 뽑읍시다. 네?"

오죽하면 회귀 이후에 힘들다는 생각을 해 본 적이 없는 노형진조차 진심으로 생명이 위험하다고 생각하게 되었다.

"끙……."

사실 미래에는 소속 변호사가 백 명이 넘는 초대형 로펌들이 있다. 하지만 아직은 그런 곳이 없다. 그러나 이렇게 몰려드는 사건을 처리하려면 일시적으로라도 인원을 늘려야 한다.

"알았네. 알았어. 내 급하게 사람을 뽑아 보도록 하겠네."

결국 송정한은 손사래를 칠 수밖에 없었다. 사실 그 결심을 한 가장 큰 이유는 본인 스스로도 과로로 죽을 것 같다는 느낌이 들었기 때문이다.

"잘 부탁드립니다."

새로 뽑은 열 명의 변호사들은 바짝 얼어붙어 있었다. 하긴 요즘 새론의 이름은 대한민국을 쥐고 흔들고 있으니까.

"어? 이은영 변호사님?"

"안녕하십니까, 선배님!"

"어, 여기로 입사한 겁니까?"

"잘 부탁드립니다!"

신입들 중에서 특이한 것은 이은영이라는 존재였다. 그녀가 지난번 사건 이후 제대로 적응하지 못하고 있다고 들었는데 여기서 등장하다니?

"혼자 일할 줄 알았더니."

"선배님의 위명을 들어 배우고 싶어서 왔습니다."

그 말에 노형진은 절로 미소가 지어지는 것을 느꼈다.

'여기도 바뀌는 건가?'

회귀 전 자신이 그녀의 이름을 몰랐다는 것은 실력이 없는, 그저 그런 변호사로 살았다는 뜻인데, 이번엔 그녀가 자신의 스킬을 배우기 위해서 새론에 온 것이다.

'뭐, 나쁘지는 않네.'

제대로 된 스승만 만난다면 그녀도 크게 성공할 수 있는 사람이다. 다만 경험이 부족하는 것과 지금까지 배운 모든 것이 암기 위주로 되어 있다는 것이 문제일 뿐.

"자, 오자마자 이런 일들을 시켜서 미안한데."

부랴부랴 만들어진 신입들의 자리는 회의실을 들어내고 만든 것이라 좁아 터졌다. 그리고 그곳에 들어간 사람들은 사색이 되었다.

"이…… 이게 뭡니까?"

"일거리."

"일거리요?"

말뜻을 이해하지 못한 얼굴이 되는 사람들.

"도대체 얼마나 많기에?"

"아…… 얼마 안 돼. 현재로써는 3천 건."

"3천…….""

"으음…….""

오자마자 지옥을 보게 된 신입 변호사들은 죽을 것 같은 얼굴이 되었다.

"앞으로 일주일간 속성 전문 공략 교육을 하고 바로 투입 될 거야. 한 달간은 선배 변호사와 함께 움직이고 그 후부터 는 혼자서 처리해야 해."

"꿀꺽."

"대신 돈은 많이 벌잖아."

"그래도 그렇지…….""

일반적인 변호사비는 대략 300만 원 선. 한 사람당 보통 50건이 배당되고 해결하는 데에 세 달이 걸린다고 치면 총 1억 5천이다. 어지간한 집 한 채 값인 셈이다.

　더군다나 노형진과 송정한은 대충 사건에 이름만 올리는 변호사가 아닌, 철저하게 전담하는 변호사 시스템을 구축했기 때문에 그중 회사에 내는 20%를 빼면 나머지는 자기 수익이다.

　'이래서 새론, 새론 하는구나…….'

　자신들이 혼자 있을 때는 한 달에 많아야 5건 정도 들어왔다. 그것도 작은 건 아니지만 이건 아예 비교 자체가 불가능한 양이다.

　"누차 말하지만 우리 새론은 변호사라고 해서 모가지에 힘주는 거 없습니다. 박리다매가 주요 정책이고 의뢰가 들어온 이상, 철저하게 승리를 위해서 뛰어야 합니다."

　"하지만 일은요?"

　"그래서 정보 조직이 있는 겁니다. 필요한 정보는 그들에게 부탁하면 그들이 구해 줄 겁니다. 어차피 재판은 패턴이기 때문에 정보를 취합하고 분석해서 공략법을 알아내면 계속해서 적용하는 것이 가능합니다. 더군다나 현재 이 사건들은 모두 노예 관련 사건이니까 패턴도 비슷해요. 불가능한 숫자는 아닙니다."

　"그거야 그렇지만……."

"지원할 때 들었겠지만 우리의 목표는 동일 요금 동일 서비스입니다. 누구는 돈이 있다고 철저하게 마크해 주고 누구는 돈이 없다고 수임료만 받고 대충 얼굴만 삐쭉 내미는 거, 허용되지 않습니다."

노형진의 말에 변호사들은 고개를 끄덕거렸다. 확실히 그런 사건들이 무척이나 많기 때문이다.

"의뢰를 받은 순간 우리는 최선을 다해서 방어해야 합니다. 물론 중요도가 높은 사건은 당연히 수임료도 비싸고 더 많이 받겠지만 반대로 생각할 것도 많아서 더 열심히 해야 합니다."

"네!"

"실력이 올라갈수록 수임받은 사건의 중요도도 높아지니까 열심히 하세요."

"네!"

노형진은 그렇게 말하면서 자신의 사무실로 향했다. 말이야 번지르르하게 했지만…….

"과로는 피할 수 없단 말이지."

끄적거리면서 다시 일을 시작하는 노형진.

그때였다.

따르릉.

"네, 노 변호사입니다."

"노 변호사님, 강소영 님이 전화하셨는데요?"

"소영이 누나가요?"

강소영은 대룡에 후계자를 데리고 들어간 미혼모다. 그 덕분에 새론은 크게 성공했고, 노형진과 새론이 그들에게 많은 도움을 받고 있었다.

"연결해 주세요."

당연히 우선순위는 1순위.

"누나, 잘 지냈어요?"

처음 그녀를 만난 게 중학교 때라 누나라 부른 탓에 지금도 공식적인 직함인 상무보다 누나라는 호칭이 더 편했다.

"그래, 너도 잘 지냈지?"

"뭐, 저야 잘 지내죠. 그런데 어쩐 일이세요? 요즘 엄청 바쁠 때 아닌가요?"

대룡이 성화와 전쟁 중인 걸 모르는 사람은 아무도 없다. 대룡은 성화가 하는 모든 사업에 진출하고 있고 성화는 어떻게든 막아 내려고 노력 중이다.

"도움이 좀 필요해서."

"도움요?"

'역시 부족한 건가?'

사실 현재 벌이는 싸움에서는 성화가 살짝 유리하다. 대룡은 성화 때문에 믿고 의지할 수 있는 후계자가 없다. 그나마 유일하게 있는 영민이는 이제 유치원을 다니기 시작할 나이라 강소영이 후계자 교육을 받고 투입되긴 했지만 실전 경험이 부족하다. 더군다나 이제 상무로 낙하산을 탔으니 삐걱거리릴 수밖에 없다.

그에 반해서 성화는 사방에 있는 후계자들이 각자 지역방어를 확실하게 하고 있는 상황이다. 규모 자체는 대룡이 크지만 인적 자원은 성화가 더 많다고 할까?

"무슨 일인데요? 성화랑 소송전이라도 붙었어요? 그럼 송변호사님을 불러 드릴까요?"

"아니, 그게 아니라 개인적인 일이야."

"개인적인 일?"

"그래, 아무래도 네가 와서 좀 도와주면 좋겠는데."

"흠……."

노형진은 잠시 고민하다가 고개를 끄덕거렸다.

"바로 갈게요."

'나이스.'

안 그래도 과로로 죽을 것 같은데 탈출의 기회가 왔다고 생각하면서 노형진은 바로 자리에서 일어났다.

"이봐, 노 변호사, 어디 가?"

"아, 저, 사건이 따로 들어온 게 있어서요. 그게 먼저입니다."

"뭔데?"

"대룡요."

"대룡? 끄응……."

사건을 딱히 차별하지는 않지만 대룡이라면 이야기가 다

르다. 그들은 전략적 동반자이기 때문이다. 성화는 자신들의 계획을 깨부수고 도리어 전쟁을 일으킬 만한 사건을 공개한 것이 새론이라는 사실을 알고 있었다.

그러니 만일 대룡이 지면 그들이 새론을 그냥 둘 리가 없다는 것쯤은 예상할 수 있는 일이었다.

"그래, 가 봐."

노형진이 담당하는 사건을 누구에게 넘겨야 하나 고민하는 송정한. 그에게 대고 노형진은 폭탄선언을 했다.

"아, 그리고 이은영 변호사는 제가 데리고 갑니다."

"뭐? 왜!"

"기술 좀 전수하라면서요?"

"아…….."

맞다. 그게 약속이었다. 당장 힘든 것보다 제대로 키운 변호사가 미래에 무기가 된다는 걸 송정한도 알고 있기 때문이다.

"그런고로 저, 이 변호사 데리고 갑니다."

"끄응…….."

그 말에 송정한은 다시 머리를 붙잡았다.

"사람을 더 뽑을 걸 그랬나?"

⚖️

"개인적인 사건이라면서요?"

이것이 법이다

노형진은 강소영을 만나서 바로 물어봤다. 그리고 이은영은 잔뜩 긴장한 얼굴로 그 옆에 서 있었다.

'오기를 잘했어.'

오자마자 대룡이라는 거대 그룹의 사건이라니.

"이분은?"

"저랑 같이 일하는 분이에요. 이번에 스킬 전수차 함께 왔습니다."

"새론에서 잘해 주는구나."

"하하하."

하긴 노형진의 정보는 아마 계속 대룡으로 들어가고 있을 것이다.

"그나저나 개인적인 사건이라니 의외네요? 천하의 대룡그룹, 그것도 후계자이자 계승권자의 어머니한테 고소를 넣는 경우는 드물 텐데?"

그 전에 어지간하면 합의로 끝날 게 뻔하다. 그런데 개인적 사건이라니.

"엄밀하게 말하면 내가 아니라 조카들 문제야. 아니, 조카도 아니라고 해야 하나?"

"조카? 조카가 아니다?"

"유지연, 유미연."

처음 듣는 이름에 노형진은 고개를 갸웃했다.

"모르는 사람인데요?"

유 씨라면 강소영의 친조카는 아니라는 뜻이다. 그런데 조카이면서 조카가 아니라니?

"네가 아는 사람의 딸이야."

"누군데요?"

"유상호."

그 말에 노형진의 얼굴이 어느 때보다 딱딱해졌다.

유상호. 대룡그룹의 막내아들.

아니, 막내아들도 아니다. 불륜으로 태어난 인간이니.

그는 두 형제를 죽여서 대룡그룹의 대를 끊어 버리고 대룡을 성화에 가져다 바치려고 했다. 하지만 그의 음모가 드러나면서 대룡과 성화는 돌이킬 수 없는 강을 건넜고 전쟁으로 돌입했다.

"그 녀석에게…… 딸이 있었지요."

그러고 보니 기억이 났다. 그에게 딸이 두 명 있었다. 이름도, 얼굴도 모르는.

"그 녀석들이 누님을 협박하기라도 하는 겁니까? 간땡이가 부었군요."

"그게……."

강소영은 왠지 곤란한 표정이 되더니 한숨을 폭 쉬면서 고개를 흔들었다.

"그런 건 아냐."

"네?"

"도리어 정반대야. 내가 그 애들을 도와주고 있었어."

"네?"

순간 이해하지 못하겠다는 표정을 지은 노형진이었다. 누가 누굴 도와줘?

"그런 눈으로 보지 마. 나도 어쩌다 보니 그렇게 된 거니까."

"하지만 그 녀석은……."

"알지. 그런데 애들이 잘못한 건 아니잖아."

유상호가 유영민의 아버지인 유상민을 죽인 것은 사실이다. 하지만 강소영은 애초에 미혼모로 부부의 정 따위를 느낄 틈이 없었기 때문에 미움이 덜한 것도 있었다. 더군다나 애 엄마가 되고 나니 아이들에게 더욱 약한 모습을 보이게 되었다.

"우연히 소식을 듣게 되었는데 고아원에 있더라고."

"네?"

고아원이라니? 순간 말을 이해하지 못한 노형진이었다. 그의 아버지는 유상호다. 그리고 그의 어머니는 성화의 막내딸이다. 그런데 고아원?

"팽 당했군요."

"그렇겠지."

더 이상 필요 없어진 유상호이니 성화에서는 버릴 게 뻔하다. 그의 어머니라는 인간도 자식과 손녀를 버리고 다시 성화로 가 버렸단다. 그리고 당연하게도 순혈이 아닌 그녀들은 성화의 일원으로 인정받지 못한 채로 버려졌다는 것이다.

"유상호의 아내는 이혼하고 집에 가 버렸고 양육권은 포기했대. 유상호는 감옥에서 자살했고."

"유상호가 죽었다고요?"

"그래."

그건 생각지도 못한 이야기였다.

'유상호가 죽었다고?'

이전 생의 그는 대룡을 날려 버리고 나서도 필리핀에 가서 잘 먹고 잘 살았다. 그런데 그런 그가 죽었다고?

'살해당한 건가?'

그럴 수도 있다. 아니, 그럴 것이다. 유상호는 더 이상 필요한 카드가 아니니까.

"할머니가 있잖아요?"

"그쪽에서는 자기 자식 취급을 안 한대."

'너무하네.'

그래도 자기 손녀다. 그런데 취급하지 않는다고?

"결국 둘 다 고아원에 있는 걸 알고 불쌍한 마음에 도와줬거든……. 내가 엄마가 되니까 애들이 눈에 밟히더라고."

"몇 살인데요?"

"지연이가 열여섯 살, 미연이가 열네 살."

"끄응."

한창 어린 나이다. 그런데 부모한테 버림받고 고아원행이라니.

"그런데……."

"걸렸군요."

"잘 아네."

"그거 말고 이유가 없죠."

분명 그렇게 몰래 도와주던 것을 유민택에게 걸렸을 것이다. 그리고 유민택은 분노했을 것이고.

"다시는 도와주지 말래."

"당연하죠."

자기 자식도 아닌데 자식 행세를 하고 진짜 자기 자식을 죽인 사람의 딸들이 예뻐 보이면 그게 이상한 일이다.

"그나마 다행히 크게 화를 내진 않으셨어."

'뭐, 과거의 정이라도 있는 건가?'

손녀로서 알았을 때는 그 재롱에 푹 빠져서 살았을 테니 말이다.

"그런데 그걸 왜?"

"혹시 도와줄 방법이 있나 해서."

"끙…… 솔직히 말하면 없어요."

"없어?"

"네."

양육권을 포기했으니 엄마와의 인연은 끊어진 셈이다. 아버지는 죽었으니 의미가 없고 그나마 인연이라고 할 만한 건 할머니뿐인데.

'차라리 죽으라는 거지.'

안 그래도 일가 취급을 하지 않고 버린 자들이 그 아이들을 생각할 리가 없다.

"그…… 친자 소송 같은 거 안 돼?"

"되기야 하지만 역효과예요."

"역효과?"

"네, 미성년자니까요."

영민이야 성인인 강소영이 있으니 친자 확인 소송을 해도 문제가 되지 않지만 공식적으로 두 아이에게는 보호자가 없다. 즉, 친자 소송을 해서 이길 수는 있지만 그 경우 김화자가 보호자가 되어 성화그룹 내부에 편입된다는 뜻이다.

"안 그래도 존재 자체를 부정하고 버린 집인데 그 안에 들여보낸다고요? 돈이 문제가 아니라 애들의 인생을 망칩니다. 차라리 고아원에서 자라다가 성인이 되면 소송 거는 게 나을 겁니다."

"끄응……."

집안의 구박과 차디찬 천대를 아이들이 버틸 수 있을 리가 없다. 나이가 많은 것도 아니고 고작 열여섯 살짜리, 열네 살짜리 아이들이니.

"어떻게 방법이 없을까?"

"거참, 소영이 누나는 왜 쓸데없는 데에 관심을……."

"내가 엄마가 되어 보니까 그냥 눈에 밟혀서 그래."

"끄응."

노형진은 한참 고민했지만 그 애들이 갈 곳은 없었다. 딱한 곳, 대룡 말고는. 일단 보아하니 강소영은 적대감보다는 불쌍하게 여기는 감정이 더 강한 것 같지만.

'문제는 유민택 회장이지.'

피라고는 한 방울도 안 섞인 아이들이니······.

"회장님은 뭐라는데요?"

"들은 척도 안 하시지, 뭐."

"화를 내는 게 아니구요?"

"화는 안 내시더라고."

"거참."

보아하니 유민택도 그 애들이 눈에 걸리기는 하는 모양이다. 하긴, 할아버지들이나 할머니들의 손자나 손녀에 대한 사랑은 상상 이상이다. 그걸 지금까지 주고 있었는데 갑자기 내 핏줄이 아니라고 매몰차게 거절할 수는 없겠지.

"애들은 사정을 알아요?"

"자세한 건 모르지만 조금은 알지. 나이가 마냥 어리진 않으니까. 그래서 회장님한테 말도 못 하나 봐."

'그렇다면 유민택이 자신들을 내쳤다는 건 알지만 죄책감을 가지고 있다는 건데.'

이런 경우, 대부분의 아이들은 심각한 자책감을 보인다.

태어나서는 안 되는데 태어난 거라고 느끼기 때문이다. 그러나 그건 결코 좋은 일이 아니다. 그런 심각한 자책감을 가지고 사는데 정상적으로 살 수 있을 리가 없다.

'그럼 유민택만 설득한다면 길이 보일지도 모르겠는데.'

"제가 일단 회장님을 한번 만나 볼 수 있을까요?"

"회장님을?"

"뭐, 못 만날 이유는 없잖아요?"

노형진에게는 만날 이유가 넘쳤다.

"그래 줄래?"

"네, 제가 한번 만나 보고 결정하죠."

법적인 문제가 아니긴 하지만 일단은 사람을 만나 봐야 할 일이었다.

⚖️

"반갑습니다. 노형진입니다."

"유민택이네. 내 손자를 찾아 줘서 고맙네."

처음으로 만난 유민택은 약간은 선한 인상이었다. 그러나 그 안에 있는 불타오르는 강렬한 기운을 읽어 내는 것은 어렵지 않았다.

'역시…… 이 사람도 살해당한 건가?'

척 봐도 쉽게 죽을 사람은 아니다. 그런데 죽었다는 건 살

해당했을 가능성이 높다.

'뭐, 말해 봐야 소용없지. 믿을 것도 아니고.'

어찌 되었건 지금은 그를 설득하러 온 것이니까.

"저기……."

"말 안 해도 아네. 몇 번이나 며느리가 말해 줬네. 하지만 안 되는 건 안 되는 거야."

단호하게 말을 끊어 버리는 유민택 회장. 그래도 며느리라고 부르는 걸 보니 강소영이 제법 마음에 든 모양이다.

"하지만 한 번만 더 생각해 주십시오. 애들은 아무것도 모르지 않습니까?"

"그렇다고 해도 내 핏줄이 아니지 않은가?"

"핏줄이 아니더라도 불쌍해서 도와줄 수 있습니다. 남의 자식이라고 해도 입양하는 세상입니다."

"완전 남이면 모르지만 그 저주받은 성화의 핏줄일세."

"그쪽에서는 부정하고 있습니다."

"부정한다고 없어지는 건 아니지."

유민택은 단호하게 선을 그었다.

"자네가 내 손자를 찾아 주면서 우리가 많은 은혜를 입었네. 그러나 이건 이거고 그건 그거야. 전혀 다른 문제일세."

'우리?'

노형진은 그 말을 듣고 뭔가 이상하다는 생각이 들었다. 우리라니?

'대룡을 말하는 건가?'

아니, 대룡은 사람이 아니다. 그러니 우리라는 대상이 될 수 없다.

"회장님."

"미안하네."

자리에서 일어나 몸을 돌리는 유민택. 그걸 보고 있던 노형진은 잠시 생각에 빠졌다. 뭔가 있는데 그걸 말하지 않고 있었다. 아니, 말하지 못한다는 느낌에 가까웠다.

'잠깐…… 그 기억을 읽어 보면 어떨까?'

그렇다면 그의 생각을 좀 더 정확하게 읽을 수 있을 것이다. 하지만 직접 접촉해서 읽는 것은 무리가 있다.

'저거다.'

그 순간 노형진의 눈에 들어온 것은 다름 아닌 컵이었다. 아까 전 비서가 가지고 온 컵에는 먹다 만 음료수가 담겨 있었다. 아까부터 유민택이 만지작거린 물건.

'어쩌면 저기서 기억을 읽을 수 있을지도 몰라.'

말하려면 그것에 대해서 생각해야 하니 그게 기억에 있을 수 있을지도 몰랐다.

"내게는 방법이 없군."

유민택은 고개를 돌려서 창밖을 보면서 중얼거렸다. 노형진은 그 틈을 타 재빨리 컵을 바꿔치기했다. 같은 형태의 같은 음료니까 가능한 일이었다.

이것이 법이다

"한 번만 더 생각해 주십시오. 아무것도 모르는 애들입니다."

그리고 마시는 척 두 손으로 그 컵을 잡은 노형진은 기억을 읽기 시작했다. 그 안에 들어 있는 잡다한 기억을 거르고 난 후 읽히는 가장 최근의 기억. 그건 명백하게 유민택의 기억이었다. 그리고…….

'이래서였나?'

그가 그럴 수밖에 없는 이유를 노형진은 그 기억 속에서 알 수 있었다. 유민택은 한때 손녀였던 아이들의 상황을 알고 있었고 불쌍하게 생각하고 있었다. 그리고 남몰래 도와준 강소영에게도 고마워하고 있었다. 하지만 역시나 문제는 그들의 혈통.

'이래서 복잡한 게 싫다니까.'

물론 저쪽에서 버림받은 아이들이니 그동안의 정을 생각하면 가문에 받아들이지는 않더라도 도와줄 수는 있다. 하지만 문제는 바로 가문의 다른 사람들이었다.

'지분이라…….'

대룡그룹의 가장 지분이 높은 사람은 다름 아닌 유민택이기는 하지만 그렇다고 가문 내외의 사람들이 가지고 있는 지분이 적은 것은 아니다.

유민택이야 아이들과 어려서부터 같이 지내 왔으니, 손녀로서 사랑을 준 기억이 있지만 다른 사람들은 아니다. 그저 자신들을 망하게 하고 집어삼키려고 한 성화의 핏줄일 뿐이다.

그게 문제였다. 다른 지분을 가진 사람들은 아무리 그 아이들이 유민택의 사랑을 받았다 하더라도 용납하지 못한다는 것.

'가진 자의 슬픔이라는 건가?'

마음으로는 도와주고 싶지만 지금 대룡은 성화와 전쟁 중이다. 내부적으로 분열되는 상황이 벌어지면 도리어 성화에게 먹힌다. 안 그래도 성화에게 밀리고 있는 상황에서는 더더욱 말이다. 그러니 유민택도 그 아이들을 무시하는 수밖에 없었다.

'뭐, 나름 생각은 많기는 하지만.'

그도 머릿속에서는 드러나지 않으면서 도와줄 수 있는 방법을 여러모로 찾고 있지만, 성화의 핏줄이라는 것은 다른 사람들에게도 부담이 되는 것이었기에 말하지도 못하고 있을 뿐이었다.

'이거 참.'

노형진은 슬쩍 주스 컵을 내려놨다.

"진짜로 방법이 없는 겁니까?"

"안타깝게도 그렇다네."

하기 싫은 게 아니라 방법이 없다는 뜻이 담긴 슬픈 목소리.

"알겠습니다."

개인을 설득해서 해결할 방법이 없다면 어쩔 수 없는 일이다. 아무리 노형진이라고 해도 집단 자체를 설득할 재주는 없으니까 말이다.

"미안하네. 돌아가게."

"네."

노형진은 일을 하면서도 마음이 편치 않았다.

"이럴 거면 그냥 대놓고 도와주라고."

강소영은 노형진에게 작은 부탁을 했다. 노형진이 그 아들의 후원자가 되어 달라고 말이다.

후원자란 아이들에게 용돈이나 학원비 등을 지원해 주는 사람들로, 그들이 지원한 돈은 그 아이들을 위해서 쓰게 된다.

"눈 가리고 아웅하는 것도 아니고 말이지, 진짜."

노형진이 그 애들의 후원자가 되면 강소영은 노형진에게 컨설턴트라는 명목으로 돈을 지급하는 것이다. 그 돈이 유민택에게서 나온다는 건 안 봐도 뻔하다.

"돈으로 해결할 수 없는 것도 있는 법인데 말이지."

문제는 그것이다. 아무리 돈을 준다고 하지만 애정은 절대 돈으로 해결할 수 없다.

당장 부모로부터 버림받은 데다 할머니라 생각했던 사람에게서도 버림받았기에 아이들에게는 애정을 줄 사람이라고는 남지 않았다. 그 상황에서 고아원에 버려진다면 돈이 문제가 아니게 된다. 남은 미래가 비참해질 확률이 높다.

"아아, 머리 아파."

"왜 그러세요?"

"아닙니다."

이은영의 말에 노형진은 고개를 흔들었다.

"머리 아프실 만하죠. 제일 더러운 사건이 가정 사건인데."

"해 보셨나 봅니다?"

"몇 개만요."

"하하하."

변호사들에게 물었을 때 가장 더러운 사건이 뭐냐고 물어 보면 아마 90% 이상이 가정 사건, 정확하게는 이혼이라고 말할 것이다.

왜냐하면 다른 사건은 그저 단순한 돈이나 분노를 위한 사건인 반면, 가정 사건은 돈과 분노, 집안 간의 대립에 양육권까지 더러운 건 죄다 들어 있기 때문이다.

"저도 몇 개를 해 봤는데 상상 이상으로 더럽더라구요. 개새끼 소 새끼는 뭐, 기본이던데요."

"그 정도면 다행이죠."

좋게 합의해서 이혼한다 해도 그 과정에서 자기 자식들을 괴롭히거나 패대기치는 부모들이 얼마나 많은지 사람들은 모를 것이다.

"그나저나 그 유명한 사건을 해결한 게 노 변호사님인 줄은 몰랐어요."

"유명한 사건?"

"이쪽에서는 유명하죠. 새론은 솔직히 그 전에는 그저 그런 회사였잖아요. 아니, 망해 가는 회사였다던데요."

"그래요?"

"네, 그런데 그거 한 방으로 대룡의 주요 거래 법인이 되면 확 떴잖아요."

맞는 말이다. 그 전의 새론은 내일 망해도 이상할 게 없는 회사였다.

"어떻게 그 사건을 해결하게 된 건지 여러 가지로 궁금한 게 많았는데 그게 노 변호사님의 솜씨였다니, 역시 천재는 어려서부터 다르군요."

"뭐, 우연에 우연이 겹친 것뿐입니다."

사실 노형진의 입장에서도 새론이 접근했던 것은 예상하지 못한 일이었다. 다행히 새론이 접근하면서 일이 좀 더 쉽게 풀리긴 했다.

"그나저나 자식을 버리는 부모가 많군요. 할머니라는 사람이 그렇게 친손녀를 버릴 거라고는 생각하지 못했어요."

"가진 놈들이 더하다고 하지 않습니까?"

"하긴 그러네요."

무심결에 대답하는 이은영.

"그나저나 불쌍해서 어떻게 해요. 나이도 어린데."

그 말에 노형진은 입맛을 다셨다. 물론 방법이 없는 건 아니다. 하지만 위험해서 문제다.

"어쩌면…… 방법이 있을지도 모르는데."

"네?"

"애들 문제요. 어쩌면 방법이 있을지도 모릅니다."

"어떻게요?"

그 말에 이은영의 얼굴이 밝아졌다. 본인 스스로가 여자다 보니 어린 두 여자아이가 내심 안쓰러웠던 모양이다.

"근데 문제가……."

"문제가 뭔데요?"

"이게…… 절대 작은 사건이 아니거든요."

"작은 사건이 아니라니요?"

"이걸 하려면……."

부담스럽지만 자신들이 전면에 나서야 한다. 그렇게 되면 직접적으로 대룡과 성화의 전쟁 한복판에 끼게 된다는 소리다.

"일단…… 송 변호사님이랑 좀 이야기해 봐야겠습니다."

워낙 중요한 일이라 절대 혼자서 생각할 일이 아니었다.

"뭐라고?"

노형진의 이야기를 들은 송정한은 심각한 얼굴이 되었다.

"그게 가지는 파괴력을 알고 있는 거지, 노 변호사?"

"알고 있습니다. 그래서 송 변호사님과 이야기하는 거 아 닙니까?"

"끄응······."

송정한이 그 말을 듣고 침묵을 지켰다. 심지어 주요 변호 사들도 말을 하지 못했다.

"만일 이걸 들고 나가면 우리가 무척이나 부담스럽게 될 겁니다."

한 변호사가 걱정스럽게 말했다.

"하긴····· 이건 거의 강소영 님 사건급인데요?"

그 말에 송정한은 고개를 흔들었다.

"그것보다 더하지. 강소영 사건은 어쩌다가 그런 거지만 이건 대놓고 성화랑 싸우자는 소리밖에 안 돼."

"언질하고 모른 척하면요?"

"뭐, 그럴 수는 있지만······. 내가 봐서 지금 대룡은 우리 말고 다른 곳에 의뢰할 상황이 아닌 것 같은데?"

"끄응······."

다른 곳에 의뢰할 수도 있지만 대형 로펌들은 이번 싸움에 끼어드는 걸 거북스러워하고 있다. 말 그대로 고래 싸움에 새우등 터질 판국이니까.

단순한 특허권 분쟁이나 배상금 문제가 아니라 둘 중 하나 를 자빠트려려 하는 싸움이니까. 혹시나 지면 보복이 두렵고

지지 않는다고 해도 일 제대로 못 하면 찍혀 버린다.

"설마…… 그 애들 때문에 생각난 건 아니지?"

"뭐…… 부정은 안 하겠습니다만."

"거참…….."

송정한은 벌떡 일어나서 허리춤에 손을 올리고는 이리저리 왔다 갔다 하기 시작했다.

"감출까요?"

"이걸 감췄다가 걸리면? 성화랑 대룡 양쪽으로부터 버림받을걸?"

"……."

송정한은 한참 고민하다가 결국 노형진을 바라보았다.

"노 변호사는 어때? 어떻게 했으면 좋겠어?"

그 말에 노형진은 한참 침묵을 지키다가 천천히 입을 열었다.

"이런 경우에는…… 우리가 나서는 수밖에 없습니다."

"어째서?"

"말씀하신 대로 이걸 대룡에 감추면 대룡은 우리를 버릴 겁니다. 그렇다고 언질만 주자니 대룡은 현재 성화와 전쟁 중이고, 대룡과 가장 친밀하며 사정에 밝은 회사는 우리니까 우리한테 의뢰할 가능성이 높죠. 그런데 그걸 거절하면 대룡과의 관계가 흔들릴 겁니다."

"결국…… 어떤 선택을 하든 우리가 전면에 나서게 될 거라는 뜻이야?"

"그렇습니다. 어떤 선택을 하든…… 그 애들이 있든 없든, 우리가 원하든 원하지 않든 간에 성화와 한판 붙어야 한다는 거죠."

"젠장!"

지금까지 성화와 법으로 싸운 적이 없는 건 아니다. 하지만 대부분 작은 사건이나 특허권 정도이지, 이 정도 파급력을 가진 사건이 없었다.

'이게 공개되면…….'

아무리 성화라 할지라도 상당한 타격을 입지 않을 수가 없었다. 물론 그걸 공개하고 재판을 벌인 새론은…….

'원수가 되는 건데.'

송정한은 한참 고민했다. 어찌 되었건 자신이 대표 변호사이니 결정을 해야 했다.

"하자."

"대표님!"

"방법이 없잖아? 그리고 어차피 우리가 성화한테 잘 보이기는 글렀다는 생각 안 들어? 우리는 애초에 강소영 사건으로 성화의 오랜 작전을 망친 이상, 성화한테 아무리 잘 보여 봤자 죽일 놈이라고."

"끙."

송정한의 노골적인 말에 변호사들은 신음성을 흘렸다.

"그럼 다음은 누가 하느냐는 건데."

그 말에 사람들의 시선이 한곳으로 쏠렸다.

"이미 정해진 것 같은데?"

그 시선을 받은 노형진은 한숨을 쉬었다.

'내 이럴 줄 알았다. 사실 이래서 이 이야기는 하기 싫었는데.'

"협상?"

노형진의 말에 유민택은 기가 막혔다.

"그렇습니다. 성화의 약점이 될 만한 사항이 있습니다. 그 걸 공개할 테니 대신에 저희와 협상해 주십시오."

"재미있군."

유민택은 노형진을 바라보면서 빙그레 웃었다. 물론 새론 이 요즘 잘나간다고 하지만 대룡에 비하면 새 발의 피다.

그런데 협상이라니?

"뭐, 일단 조건을 들어 보지."

"저희의 조건은…… 일단 수임료의 경우……."

하나씩 조건을 말하는 노형진. 그걸 들으면서 유민택은 고 개를 갸웃했다. 협상이라고 하기는 했지만 조건 자체가 많이 바뀐 것은 아니기 때문이다.

물론 금액 같은 게 조금 늘어나기는 했지만 그 정도는 협 상이 아니라 부탁해도 충분히 들어줄 수 있는 조건이었다.

더군다나 노형진의 말로는 성화의 약점이라고 했는데 그게 맞는다면 두 배도 아깝지 않았다.

"고작 그것뿐인가?"

"아닙니다. 마지막 조건이 있습니다."

"마지막 조건?"

"그렇습니다."

"그게 뭔가? 건물이라도 하나 달라는 건가?"

"아닙니다. 유지연, 유미연 자매를 입적시키지는 않더라도 유민택 회장님이 할아버지로서 보호해 주고 키워 주는 것입니다."

그 말에 순간 유민택의 표정이 크게 흔들렸다. 어찌 보면 가장 큰 조건이었던 것이다.

"그게 조건이라고?"

"네."

"돈이 더 중요하지 않은가? 두 배로 받아 간다면 그 애들을 도와주고도 남을 텐데?"

그 말에 노형진은 고개를 흔들었다.

"가끔은 돈보다 더 중요한 게 있는 법입니다."

"돈보다 더 중요한 것……."

유민택은 잠시 침묵을 지켰다.

"그 비밀이라는 게 뭔지 들어 보기나 하도록 하지. 가치가 있어야 계약할 수 있을 거 아닌가?"

만일 가치가 있다면 자신이 자매를 받아들여서 키우는 것에 대하여 다른 주주들이나 가문 사람들이 아무런 말도 못할 것이다. 조건이니까.

"바로 그 아이들의 신분입니다."

"그 아이들의 신분?"

"그렇습니다. 그쪽에서 버렸다고 해도 아이들은 법적으로 계승권이 있습니다. 많은 건 아니라고 해도 충분히 싸움을 걸 만한 것이지요."

"고작 그건가? 우리라고 그 생각을 안 해 본 건 아닐세. 하지만 그때까지 갈 거라고 생각하지는 않네, 솔직히."

성화와 대룡은 둘 중 하나가 쓰러질 때까지 싸울 것이다. 그중 성화의 계승권은 세 명의 형제와 한 명의 딸이 가지고 있고, 두 아이는 막내딸인 김화자의 손녀다.

"애초에 김화자가 지분이 가장 작은 건 다 아는 사실이고 그녀가 죽어 봐야 그마저도 이리저리 나누고 나면 두 아이에게 돌아가는 지분은 턱없이 부족하네."

물론 그게 고작 수십만 원 수준은 아닐 것이다. 못해도 수십억은 될 것이다. 그러나 고작 수십억을 가지고 그들을 받아들여 주기에는 대룡의 자존심이 상할 수밖에 없다.

그리고 그걸 받기 위해서는 김화자가 죽어야 한다는 것이 전제 조건이 될 것인데, 그러려면 20년은 넘게 지나야 한다. 하지만 유민택은 그때까지 성화그룹을 살려 두고 싶은 생각이 없었다.

"맞습니다. 성화 쪽은 솔직히 대책이 없죠. 의미도 없고."

"그런데 그걸 가지고 받아들이라는 건가?"

"유 회장님, 회장님이 봤을 때 김화자의 성격은 어떻습니까?"

"뭐?"

"한번 말씀해 보십시오. 어떤가요?"

"그거야……."

정략결혼이어서 어쩔 수 없던 거지, 좋았다고는 할 수 없다. 재벌 2세답게 콧대 높고 배려심이라고는 없었다.

"자존심이 강하지요?"

"강하지, 아주. 솔직히 좋다고는 말 못 하겠구만."

"그래서 그 아이들이 필요한 겁니다."

"그래서라니?"

"김화자는 유 회장님이 아닌 다른 사람의 아이를 낳았습니다. 그렇지요?"

"크흠……."

불편한 얼굴이 되는 유민택. 하지만 법적으로는 불편한 경우도 감수해야 한다는 걸 알기에 고개를 끄덕거렸다.

"그렇지."

"그런데 그런 성격의 김화자가 자기보다 못한 남자의 아이를 결혼한 상태에서 가졌을까요?"

"……!"

순간 유민택은 머리가 멍해졌다. 김화자는 재벌 2세다. 아무리 안하무인이라곤 하지만 그 정도의 판단을 못 할 리가 없다. 설령 한다 해도 그저 그런 평범한 남자의 아이를 가지기는커녕 그런 남자를 만나려고 하지도 않았을 것이다.

"그리고 김화자와 유민택 회장님의 나이를 생각했을 때 그곳이 어떤 곳이든 후계자 싸움을 해야 할 시점일 가능성이 높습니다."

"그…… 그렇군……."

만난다고 해도 결국은 나이가 비슷한 사람을 만났을 테니 결국 그 대상이 누구든 유민택과 비슷한 나이라는 것이다.

"우리가 노려야 하는 것은 성화가 아니라 김화자와 바람을 피운 인간입니다. 만일 제대로만 잡으면 성화 쪽에 치명적인 타격을 줄 수 있는 인간일 수도 있을 겁니다."

유민택은 한참 침묵을 지켰다. 저들이 자신에게 했던 짓 그대로 복수하는 셈이 되는 것이다. 물론 자신에게 벌어진 일보다는 약하겠지만 지금 한창 밀리고 있는 상황에서 구원의 동아줄이 될지도 몰랐다.

"그 말이 맞는다면…… 그 조건들을 전부 수용하지. 아니, 수임료는 두 배로 주겠네."

"감사합니다."

이로써 노형진은 대룡과 성화의 싸움에 끼어들게 되었다.

"좀 더 준비하고 찾아뵙겠습니다."

노형진이 자리에서 일어나자 유민택은 그를 불렀다.

"이보게나, 노 변호사."

"네?"

"고맙네."

그 말에 노형진은 미소를 지으면서 그곳을 나왔다. 그러고
는 화창한 날씨를 보면서 몸을 쭈욱 폈다.

"으으으, 이놈의 오지랖은 진짜 어쩔 수가 없다니까. 고생
문이 열렸구나."

누구의 핏줄인가?

"그래서 누구일 것 같냐?"

"조사 중입니다만 아무래도 너무 오래된 일인 데다가 증거
도 없어서 쉽지 않습니다."

새론 정보 담당자 고문학은 고개를 흔들었다. 성화에게 한
방 먹일 수 있는 중요한 사건이지만 너무 오래되었기에 기록
이 없었다.

"하긴."

벌써 40년 전 사건이다. 그러니 40년 전 기록이 지금까지
있을 리가 없다. 아니, 있다 한들 성화가 그 기록을 놔뒀을
리가 없다.

"글쎄요…… 무작정 찾아보는 건 의미가 없지 않을까요?"

노형진은 탁자를 탁탁 두들기면서 말했다. 아무리 생각해도 지금처럼 무의미하게 찾아보는 것은 의미가 없었다.

"그럼 뭐, 방법이라도 있어?"

"거꾸로 올라가는 거죠."

"거꾸로 올라가?"

"네, 위에서 찾아서 내려오는 게 아니라 여기서 하나씩 가능성을 제하면서 올라가는 겁니다."

"흠……."

아직은 익숙한 개념이 아니기에 다들 고개를 갸웃했다. 하긴 이건 상당히 훈련된 사람만 아는 개념이니까. 물론 개념 자체야 어렵지 않지만 문제는 그걸 실천하는 것이다.

"일단 김화자의 성격을 따져 봅시다. 김화자는 널리 알려져 있다시피 기고만장하고 콧대가 높습니다. 자기보다 못한 사람은 인간 취급도 안 하는 걸로 유명하죠."

그 말에 고개를 끄덕거리는 사람들. 그건 익히 알려진 사실이다.

"그렇다면 40년 전 김화자보다 신분이 낮은 사람들은 배제하면 됩니다. 아무리 거대한 기업이라고 해도 40년 전에 존재하지 않거나 성화보다 규모가 상당히 작은 경우는 빼 버리는 거죠."

"확실히……. 그런 식이면 숫자가 확 줄겠구만."

아무리 생각해도 김화자가 대룡보다 작은 기업의 사람과

관계를 가질 가능성은 없어 보였다.

"그래도 젊은 혈기라고 할 수도 있지 않습니까?"

남상주 변호사는 고개를 갸웃했다. 하지만 노형진은 고개를 흔들었다.

"아닙니다. 애초에 김화자가 바람을 피워서 출산을 한 때는 결혼하고 2년이 지난 시점입니다. 즉, 결혼하고서 바람을 피웠다는 건데 젊은 혈기 때문이었다면 이혼을 선택했지, 그냥 몰래 살았을까요? 이혼해도 부족할 게 없는 부잣집 딸인데?"

"그렇군요."

"그리고 결혼한 상태에서 바람을 피울 정도면 그 사람은 상당한 재력을 가진 사람이라고 봐야 합니다."

다들 고개를 끄덕거렸고 수백 개의 가능성 중에서 40년 미만의 작은 기업들은 모두 삭제되었다.

"그리고 지금 크더라도 40년 전에는 성화의 계열사거나 하청 회사인 곳은 지우죠."

"왜? 관련이 있는 곳이잖아?"

"그러니까 지우는 겁니다. 요즘 뉴스에도 나왔지만 결국 하청 회사들은 노예로 취급합니다. 그걸 아는 김화자가 하청 회사인 곳의 남자와 바람을 피울까요?"

"그렇군……."

하청 회사들을 노예 취급하기로 유명한 성화다. 그런데 아무리 과거라고 하지만 그들과 그렇고 그런 관계가 된다?

'그럴 리가 없지.'

김화자의 성격을 가지고 판단한 몇 가지만으로도 벌써 숫자가 확 줄었다.

"이런 거 좋구만. 어디서 배운 건가?"

"미국요."

"미국?"

'아차.'

노형진은 황급히 입을 다물었다. 자신은 공식적으로 해외에 나가 본 적이 없으니까.

"아니 아니, 미드요."

"미드?"

"네, 미국 드라마요."

"아아, 요즘 그런 거 찾아보는 사람들이 있다고 하더니."

"네, 하하하."

'큰일 날 뻔했네.'

물론 드라마를 본다고 이렇게 되는 거면 얼마나 좋겠느냐마는.

"그래, 다음은 뭘 삭제할까? 삭제할 만한 것은 이것뿐인 것 같은데."

김화자의 동선 같은 게 있을 리가 없으니 할 수 있는 것은 여기까지일 것이다.

"그렇다면…… 흠……."

한참 생각하던 노형진은 힐끗 기업들을 바라보았다. 그러고는 한 가지 가설을 생각해 냈다.

"지금 있는 곳이라고 하더라도 너무 작은 곳은 제외합시다."

"왜? 그때는 큰 곳일 수도 있잖아?"

"네, 그런데 성화 측은 아예 인정하지 하고 쫓아냈단 말입니다."

"그렇지?"

"즉, 그들의 입장에서 봤을 때 그들을 데리고 가 봐야 별 도움이 안 된다고 생각하니까 쳐 낸 것이겠죠."

"아!"

　그들에게도 법무 팀이 있다. 양육권 분쟁 같은 걸 모를 리가 없다. 그럼에도 불구하고 쳐 냈다는 건 그 분쟁을 해 봐야 하등 도움이 되지 않는다는 사실을 안다는 소리다.

"그럼 작은 곳은 지우도록 하지."

　그렇게 하고 나니 결국 남은 것은 국내 100대 기업 중 서른 곳 정도였다.

"여전히 많아."

　송정한 변호사는 그걸 보면서 턱을 만지작거렸다. 수천 개의 가능성에서 줄어들긴 했지만 여전히 많았다.

'접근할 수 있다면 좋겠지만.'

　그게 쉬울 리가 없다. 아무리 김화자라고 할지라도 바람 피운 남자를 스물네 시간 생각하지는 않을 테니 직접적으로 질문을 던지고 기억을 읽어야 하는데 그게 쉬울 리가 없다.

"흠……."

"뭘 어떻게 해야 할지 모르겠군."

노형진은 한참 보다가 선을 딱 그었다.

"이 선 아래의 회사들은 지워 봅시다."

"그 선 아래?"

"네."

"왜?"

노형진이 지운 것은 스물다섯 곳 정도로, 순식간에 후보는 다섯 곳만 남았다.

"성화를 보세요. 대룡을 집어삼키려고 노력했습니다. 반대로 말하면 핑계가 된다면 다른 곳에게도 그럴 거라는 건데, 친자 확인만큼 확실한 핑계가 어디 있습니까?"

"그렇군."

"그럼에도 불구하고 포기했다는 건 둘 중 하나죠. 아까 말씀드렸다시피 이제는 의미가 없을 정도로 작거나 아예 몰락했거나 아니면……."

"건드리기 부담스러울 정도로 크다는 뜻이겠군."

그 말에 노형진은 고개를 끄덕거렸다.

"아무리 성화라 할지라도 건드리는 데에 한계가 있습니다. 대룡을 그렇게 음모까지 짜 가면서 삼키려고 한 건 대룡조차 전면전에 나서실 경우 승패가 확실치 않기 때문입니다."

"그렇지."

"그런 성화조차 포기해야 할 정도로 거대할 수 있다는 거죠."

"아니면 망했든가."

그런데 아무리 봐도 망한 기업은 아닐 것이다. 그 정도 규모를 가진 기업 중 망한 곳은 딱 한 곳뿐이기 때문이다.

"이거 이거…… 싸움이 너무 부담스러워지는 거 아냐?"

남은 이름을 보고 신음성을 흘리는 송정한 변호사. 그는 이름 하나하나를 보면서 고개를 흔들었다.

"성산에서 미래에, 한성에……."

주르륵 나열된 이름들은 현재 재계 순위 1위부터 5위까지였다.

"이 정도면…… 성화라고 해도 싸움을 못 걸지."

현재 성화의 재계 순위는 11위. 대룡은 9위다. 하지만 재계 1위부터 5위까지는 완전히 다른 세계다. 막말로 대룡과 성화를 합친다 해도 그제야 재계 4위 정도 될까 말까.

"이거 골 때리는데?"

남은 이름들을 보면서 변호사들의 입이 쩍 벌어졌다.

"성산만 해도 지금 한창 전쟁 중인 거 아냐?"

"그렇지요."

성산은 지금 재산권 분쟁중이다. 만일 여기에 다른 아이를 데리고 끼어들면…….

"이건 우리도 반갑지 않아."

"끙……."

지금 대룡은 성화에게 살짝 밀리고 있다. 규모 자체는 성화보다 큰 게 사실이지만 후계자가 한 명밖에 없는 데다가 너무 나이가 어려서 모든 것이 유민택의 통제를 따라야 하기 때문에 네 명의 남매가 지배하는 성화보다 대응이 느리기 때문이다.

"이 상황에서 이들과 싸울 수는 없어."

만일 대룡이 아이들을 데리고 저들의 분쟁에 끼어들면 대룡은 1위부터 5위 사이의 기업들과 전쟁을 해야 한다는 건데, 동시에 싸울 여력이 될 리가 없다.

'젠장…… 이렇게 될 거라 예상은 했지만.'

직접 닥치고 보니 눈앞이 캄캄한 노릇이었다.

"아마…… 이 다섯 개의 기업 중 하나를 뽑으라면……."

한참 그걸 보던 고문학이 한 기업의 이름을 가리켰다.

"재계 순위 2위인 미래일 가능성이 높습니다."

"미래? 고 팀장, 뭔가 정보가 있는 건가?"

"네, 이쪽 일이라는 게 뭐, 소문으로 움직이기는 합니다만 한 가지 재미있는 소문이 있더군요."

"소문?"

"현 회장이자 그 당시 차남이었던 이충성의 별명이 유부녀 킬러였답니다."

"유부녀 킬러?"

"네, 가정을 숱하게 파탄 냈다고 하죠."

"뭐, 그딴…….."

"자기가 승리자라는 일종의 시위였죠. 특히 후계자로 결정되고 난 후 집중되었는데."

이충성이 성격은 안 좋을지언정 능력 자체는 좋았기 때문에 형제들을 제치고 후계자가 되어 회장의 자리에까지 올라갔다고 한다. 그러나 자신의 승리를 자랑하기 위해 유부녀를 꼬셔서 잠자리를 끌어들이는 일이 많았기에 주변에서 심각하게 불만이 많았다고 한다.

"심지어 자신 최측근의 아내에게까지 그러는 바람에 하마터면 후계자 자리에서 쫓겨날 뻔했습니다. 그 사건 이후에 잠잠해지기는 했습니다만…….."

"흠…….."

그렇다면 확실히 가능성이 높아진다. 부잣집 도련님들이 여자들을 침대로 끌어들이는 것이나 여자를 전리품 취급하는 거야 그들의 세계에서는 당연한 일이지만, 문제는 대상이 유부녀라는 것.

"사실 다른 남자들이 철저하게 주의하는데 반해서 이충성은 좀…… 난잡했지요. 기록에 따르면 막대한 배상금을 준 기록도 있고 낙태를 했다는 소문도 많고."

"낙태?"

"네, 아무래도 골치 아픈 문제가 많으니까요."

"그렇겠지."

여자를 침대로 끌어들이는 걸 좋아하는 부자들이라고 하지만 실상 여자가 임신하는 것에 대해서는 철저하게 관리한다. 임신하는 순간, 막대한 배상금을 줘야 할 뿐만 아니라 아이를 낳아 버리면 쓸데없는 유산 전쟁이 발발한다는 걸 알기 때문이다.

"근데 이충성은…… 승리자는 사방에 씨앗을 뿌려야 한다는 헛소리를 하면서 사고를 너무 많이 쳐서 말이지요."

"후계자 자리를 유지한 게 신기한 인간이구만."

"형제들이 너무 무능했습니다. 그게 문제였죠."

다른 형제들은 착실하게 공부하고 좋은 대학을 나왔다. 문제는 너무 시키는 대로 한 덕분에 좋은 직원은 될지언정 좋은 리더가 될 수 없었다는 것.

아이러니하게도 나서서 사고를 치고 다닌 덕분에 이충성은 리더십을 키운 것이다.

"미래라니……. 이거 부담스러운데……."

미래면 성화과 대룡을 합친 것보다 총자산이 훨씬 큰 기업이다. 특히 전 세계의 반도체 쪽은 꽉 잡고 있다고 봐도 무방할 정도다.

"하지만 추정일 뿐이죠."

"그게 문제군."

소송을 거는 거야 쉽다. 하지만 소송을 걸고 나서 돌아오는 반응이 문제다. 진짜인지도 확실하지 않은 상황에서 소송을 걸어 봐야 싸움에 미래를 끼어들게 하는 꼴밖에 안 된다.

아니, 확실한 상황에서 끼어들게 해도 결국은 미래와 싸워야 한다는 논리가 된다.

"어쩔까……."

노형진은 미래라는 이름을 뚫어져라 바라보았다. 그러고는 먼저 입을 열었다.

"일단은…… 지연이와 미연이가 미래의 핏줄인지 알아내야지요. 그래야 뭘 하든 할 수 있습니다."

"음……."

미래의 핏줄이라면 어쩌면 상황이 많이 달라질지도 모른다.

"미래?"

"그렇습니다. 그렇게 생각하고 있습니다."

"끄응…… 미래라니."

미래라는 말에 신음성을 흘리는 유민택.

"이제야 기억나는군. 미래의 이충성 그 녀석이 아내……아니, 그년한테 좀 집적거렸지."

"그런가요?"

"그래…… 아무래도 나와는 나이 차가 있으니까."

유민택의 첫 번째 아내가 불운하게도 비행기 사고로 사망해서 두 번째로 결혼한 상대가 바로 김화자였다. 그렇다 보니 유민택이 30대 후반에, 김화자는 20대 중반이었다. 그리고 이충성은 그때 30대 초반이었고 말이다.

　"그래서 한번 대판 싸운 적도 있다네. 이혼 이야기까지 나오자 잠잠해지기에 반성한 줄 알았지."

　"아닐 겁니다. 임신하고 나니 혹시라도 회장님이 의심할 가능성을 줄이고 싶었던 거겠죠."

　"젠장!"

　그렇게 오래전부터 자신에 대해 철저하게 거짓말한 그녀가 생각나는지 이를 뿌드득 가는 유민택.

　"어쩔 건가? 아무리 우리라고 해도 미래는 부담스럽네."

　"그거야 그렇습니다만……."

　노형진은 생각이 많아졌다.

　'미래는 회귀 전에도 강했지. 지금이야 서로 내부 싸움 중이라 우리가 나선다고 해도 적극적으로 반격하지는 않겠지만 나중에는 어떤 식으로든 보복하려고 할 텐데 말이지. 쉽지 않군. 간단하게 가려면……. 대룡을 키워야 하는데…….'

　"무슨 생각 중인가?"

　"아닙니다. 해결책을 생각하는 중입니다."

　"해결책이 있기는 한 건가?"

　"일단은 유상호가 누구의 아이인지 확실하게 알아야 한다는 건데…….”

“그년을 만나 볼 건가?”

“그래 볼까 합니다.”

“만나 줄까?”

“회장님이 자리를 만들어 주시면 됩니다.”

“내가?”

얼굴을 찌푸리는 유민택. 아무리 그래도 김화자를 다시 만나고 싶은 생각은 전혀 없었다.

“아니요, 자리를 주선해 달라는 게 아니라 회장님이 핑계를 만들어 달라는 거죠.”

“핑계라…….”

“네.”

“어떤 핑계 말인가?”

“손해배상은 어떨까요?”

노형진은 결심을 굳히고는 서류를 꺼내 들었다.

“손해배상으로 자리를 만들어 내면 제가 알아낼 수 있을지도 모릅니다.”

손해배상. 말 그대로 손해가 발생했을 때 그에 관하여 배상을 요구하는 것이다. 유민택은 아직 그녀에게 손해배상을 하지 않았다. 용서한 게 아니라 이름도 듣기 싫었기 때문이다.

하지만 노형진의 부탁으로 손해배상을 결심했고 노형진은 그 대리인 자격으로 김화자를 찾아갔다.

"반갑습니다. 노형진입니다."

"반갑다고는 못 하겠네요."

표독스럽게 자신을 노려보는 김화자를 보면서 노형진은 씁쓸한 얼굴이 되었다.

'날 아는군.'

하긴, 알 수밖에 없다. 뒤에서 조종한 것까지는 몰라도 그때 미친놈처럼 뛰어서 성화의 직원들을 몽땅 구속시킨 인물인 건 기억하고 있을 테니까.

"이번엔 협상하러 왔습니다."

"협상은 없습니다. 끝까지 가죠."

"진짜로 그러실 생각입니까?"

"어차피 소송하나 안 하나 그쪽과 우리 쪽은 함께 가지 못한다는 거, 자네도 잘 알 텐데?"

아예 반말로 대꾸하는 김화자.

"그래도 이건 전혀 다른 문제라서요. 어찌 되었건 김화자 님께서 바람을 피우신 건 사실이고."

"웃기는 소리."

"그럼 그 아이는 어디서 태어난 겁니까?"

"유전자 검사가 잘못된 거야."

"세 번이나 했습니다만?"

"시끄럽군. 그쪽과 합의할 생각이 없으니 나가도록."

노형진에게 떨어지는 축객령.

'이런, 이런.'

적대적일 거라 예상은 했지만 설마 이렇게 대놓고 말하지 않으려 할 줄은 몰랐다.

'이래서는 누군지 알아볼 틈도 없잖아?'

김화자는 더 이상 이야기하고 싶지 않았는지 바로 인터폰을 눌러서 비서를 불렀다.

"비서관, 이 인간 끌어내."

"네, 사장님."

안으로 들어오는 비서관.

노형진은 벌떡 일어났다.

'이렇게 되면 별수 없다.'

천천히 알아보는 게 아니라면 대놓고 찔러 보는 수밖에.

"김화자 사장님."

"뭐야! 놔! 이게 무슨 짓이야!"

다짜고짜 노형진이 팔을 잡자 화를 버럭 내는 김화자. 그런 노형진을 끌어내기 위해서 남은 한쪽 팔을 끌어당기는 비서들. 노형진은 마음이 다급해졌다.

"한 가지만 묻겠습니다. 그럼 유상호, 아니 상호의 진짜 아버지는 누굽니까?"

"뭐라고?"

"김화자 사장님이 바람을 피운 상대는 누구냐고 묻는 겁니다."

"뭐? 이런 개 같은 새끼가!"

짝!

엄청난 속력으로 날아오는 따귀에 팍 돌아가는 고개.

"이 미친 자식을 봤나? 야, 밟아!"

비서관도 날카로운 질문에 화가 났는지 그대로 노형진을 쓰러트리고는 미친 듯이 밟기 시작했다.

"으아악!"

십여 명에게 두들겨 맞으면서 노형진은 비명을 지를 수밖에 없었다.

⚖

"끄응……."

"미친 거 아닌가? 아무리 그래도 그렇지, 그렇게 대놓고 물어보면……."

"하하하."

결국 병원 응급실로 실려 온 노형진이었다. 성화의 비서관은 '깽 값'이나 하라면서 100만 원짜리 수표 여섯 장을 놓고 갔다. 애초에 반성할 의사가 없었던 것이다.

"뭐, 대화도 하지 않으려고 하니 마음이 다급해져서 말이지요."

"끄응."

송정한은 안타깝다는 듯 신음성을 흘렸다.

"그래서 누군지 알아낼 방법이 없던가?"

"솔직히 말하면…… 제대로 대화도 못 해서요."

"대화도 못 했다? 그럼 방법이 없군."

"네…… 그리고…… 이게 더 큰 문제인 것 같은데…… 보니까 김화자도 애아버지를 모르는 눈치입니다."

"뭐?"

순간 멍해지는 송정한.

"김화자도 애아버지를 누군지 모른다는 거야? 도대체 몇 놈이나 되는 사내새끼들하고 붙어먹었기에?"

"그건 모르겠습니다……. 긴가민가하는 눈치더군요."

"왜?"

"그게 말이죠……. 하아…… 그냥…… 눈치가 그랬습니다."

"끄응, 그럼 처음부터 다시인가?"

"뭐, 가능성을 따라가야지요."

그렇게 말했지만 사실 노형진은 속으로는 말할 수 없는 어떤 사실로 인해 어이가 없는 상태였다.

'그 여자, 미친 거 아냐?'

그가 송정한에게 말한 건 반은 맞고 반은 틀렸다.

애아버지가 누군지 모르는 건 사실이지만 미래의 핏줄인 건 확실했다. 문제는 그 미래의 핏줄에 대한 기억 중에 다른 사람인 이경만에 대한 것도 있었다는 것이다.

그런데 더 큰 문제는 이충성과 이경만의 관계다. '충' 자는 이충성의 형제의 돌림자다. 그리고 '경' 자는 이충성의 아버지 형제의 돌림자다. 즉, 이경만은 이충성의 아버지라는 뜻이 된다.

　'미친년이구만.'

　동일한 시점에 김화자는 아버지인 이경만 그리고 아들인 이충성과 놀아났다는 것이다. 당사자인 두 사람은 모르는 모양이지만.

　'돌겠네, 진짜. 자기가 무슨 초선이야?'

　초선은 삼국지에서 여포와 그 양아버지인 동탁의 사이를 자신의 미모를 이용해서 이간질했다. 그런데 최소한 그 둘은 양아들과 양아버지 사이이기라도 하지, 이경만과 이충성은 부자 관계가 아닌가?

　'일이 점점 막장이 되어 가는 것 같다…….'

　노형진은 진심으로 발을 빼야 하나 고민하기 시작했다.

　"이거 이거…… 장난 아니게 되는데……."

　노형진은 입맛을 다셨다. 유상호가 누구의 아들이냐에 따라서 상황이 극단적으로 바뀌게 된다.

　유상호가 현 회장인 이충성의 아들이라면 지연과 미연은 이경만을 기준으로 증손녀가 된다. 그리고 증손녀라면 아직은 전면에 나서는 시점이 아니거니와 그 세대의 숫자도 많아서 아주 큰 문제까지는 아니게 된다.

하지만 이충성이 아닌 이경만의 아들이라면 자매는 이경만의 손녀가 되는 셈인데, 미래 그룹의 현재 경영 1선으로 점점 나서는 것이 바로 그 손자 세대다.

즉, 재산 분쟁의 한복판에 던져지는 셈이 되어 버리는 것이다. 당연히 그 재산상의 분배 금액은 터무니없이 높아진다.

"이걸 말할 수도 없고……."

말하면 미래에서는 어떤 식으로든 자신을 묻어 버리려고 할 것이다. 재산도 재산이지만 아버지와 아들이 같은 여자와 놀아났다는 그 추문을 감당할 수는 없으니까.

"그 여자도 미친년이지, 진짜."

김화자는 성화에서 자신의 지분이 제일 작을 거라는 걸 알고 있었다. 그래서 처음에는 이충성을 꼬셨다.

그러다가 난데없이 정략결혼으로 유민택과 결혼하게 된 것이다. 결혼했으면 이충성과의 관계는 끊어야 하는데 유부녀 킬러인 이충성은 더욱더 끊임없이 손을 뻗었고 그녀 역시 그걸 끊지 않았다.

그 와중에 이경만까지 그녀에게 흑심을 보이자 돈 욕심에 모른 척 넘어가 준 것이다. 혹시나 유산이라도 남겨 줄까 해서 말이다.

결과적으로 한 여자의 욕심 때문에 성화와 미래 그리고 대룡은 뭐라고 할 수가 없는 묘한 상태가 되어 버린 것이다.

"이걸 가지고 가면 일이 커질 텐데."

노형진은 입맛을 다셨다.

"일단은 확실한 증거를 모아야 하는데…… 결과적으로……."

노형진은 잠시 고민에 빠졌다. 확실한 증거가 필요하다. 미래에서 반박하지 못할 정도로 확실한 증거. 그래야 반발을 최소한으로 줄이면서 일을 진행시킬 수 있다.

'그럴 만한 증거를 가진 사람…….'

문제는 그 증거를 가지고 있을 만한 사람이다. 그리고 그런 걸 잘 아는 사람이 한 명 있었다.

"진짜입니까?"

"네."

"끄응……."

고문학은 생각지도 못한 정보에 솔직히 당황했다.

고문학은 원래 정보 쪽에 있는 사람이었고 노형진도 그에 대한 기억을 가지고 있었기 때문에 적극적으로 새론으로 영입한 인물이었다. 정보 분야에 몸담은 사람답게 무척이나 입이 무거워서 이런 일을 맡기기에 가장 적합한 사람이기도 했다.

"생각지도 못한 일이네요."

"가능성이 있는 사람이 있습니까?"

"그런 정보를 가지고 있을 사람이 있다 한들……."

그는 잠시 침묵을 지켰다. 이런 문제라면 다들 철저하게 비밀을 지키기 마련이다.

"그런데 김화자는 도대체 왜 그런 겁니까?"

"머리는 나쁜데 돈 욕심은 난 거죠."

"하긴…… 재벌 3세 이상을 넘어가면 그게 심각한 문제죠."

누리기만 했지, 스스로 뭔가를 해 본 적이 없다. 물론 재력에 기대어 뭔가 할 수는 있겠지만 그 싸움 대상이 동종 업계 사람이라면 상대가 되지 않는다.

'그래서 문제라고 하지, 쓰는 법을 몰라서.'

한국 부자들은 돈을 제대로 쓰는 법을 가르치지 않는다. 그 덕분에 다음 세대가 되면 기업이 흔들리는 것이다.

"가지고 있을 만한 사람이 정말 없나요?"

"그런 정보를 가지고 있을 만한 사람이라…….."

고문학은 곰곰이 생각에 빠졌다. 그는 한참 생각하다가 뭔가 기억난 듯 갑자기 일어나서 철로 된 캐비닛을 뒤적거렸다.

"어쩌면 이것과 관련이 있을지도 모르겠군요."

"이것?"

"최철수라는 사람이 있는데…… 현 경기도 도의회 의원입니다. 다음에는 총선을 노린다고 하더군요."

"그런데요?"

"저도 지난번에 수사하면서 이상하다고 생각한 게 있는데 그는 원래 이경만의 비서관이었습니다."

"비서관?"

"그렇습니다. 이경만이 은퇴하고 난 후 같이 은퇴했습니다. 그 후에 시의회를 거쳐서 도의회까지 올라왔는데…….."

"이상하군요."

노형진은 고개를 갸웃했다. 그가 이상하게 생각하는 것은 그가 선거에 출마했다는 것이다. 물론 대한민국 국민이라면 누구나 나갈 수 있다고 이야기하긴 하지만 실제로 나가는 건 꿈같은 일이다. 돈이 없기 때문이다.

"비서관이라고 해도 그렇게 많은 돈을 받는 건 아닐 텐데요?"

공식적인 선거 비용은 얼마 안 되지만 소위 말하는 공천비라는 게 있다. 공천을 대가로 특정 정당에 줘야 하는 돈. 사업가들도 쉽게 내지 못하는 금액이다.

그런데 사업가도 아니고 고작 비서관 출신이 그 돈을 내고 공천을 받아서 출마를 한다?

'도의회 공천비가 5천만 원이던가?'

기억이 맞는다면 시의원 공천비가 3천만 원 선. 도의회 공천비가 5천만 원 선. 국회의원 공천비는 1억 원 선이다. 그것도 지금 시대에 말이다. 미래의 시의원의 경우에는 1억이 넘는다.

물론 그건 비공식적인 이야기일 뿐이지만 세상에는 공식적인 일보다 비공식적인 일이 넘치는 법.

"절대 비서관 출신의 직장인이 낼 수 있는 돈이 아니죠."

그 말에 노형진은 고개를 끄덕거렸다.

"뭐, 이상하게 생각했습니다만 제가 추적하던 건 아버지를 찾는 거지, 비리를 찾는 게 아니라서 별로 신경 쓰지 않았습니다. 하지만 변호사님의 말씀을 들어 보니 일종의 비밀 유지 비용 같군요."

비밀 유지 비용이란 비서관들이 은퇴하는 경우 그동안 들은 정보들을 지켜 주는 조건으로 건네는 돈을 말한다.

실제로 정치인들이나 부자들이 운전기사나 비서관이 그만둘 때 막대한 돈을 주는 이유는 정말 순수하게 정이 들어서 송별금을 챙겨 주는 게 아닌 경우가 많다.

"아무리 그래도 의원에 출마할 수 있을 정도의 거금은 좀 과하다 싶지요."

"흠……."

"좀 자세하게 알아볼까요?"

"그래 주시겠습니까?"

"네."

고문학은 고개를 끄덕거렸고 노형진은 어쩌면 새로운 정보가 나올지도 모르겠다는 생각을 하기 시작했다.

⚖️

"역시나 자세하게 알아보니 이상하더군요."

"뭐가요?"

"얼마 전까지 지원이 들어갔는데 그 지원이 딱 끊어졌습니다."

"그런가요?"

"네."

고문학은 오래 걸리지 않아 정보를 가지고 왔다. 그리고 그 정보에는 의미심장한 내용이 들어 있었다.

"이경만은 그가 있는 동안 정치 자금 명목으로 지속적인 지원을 해 왔습니다. 하지만 얼마 전부터 그게 딱 끊어졌더 군요."

"정치 자금이라……."

"국회의원도 아니고 고작 도의원한테 주기에는 좀 많은 돈 이었습니다. 아무래도 비밀 유지 비용이었을 겁니다."

"그런데 끊어졌다는 건?"

"이경만을 제외한 다른 사람들은 그걸 모를 거라는 거죠."

그 말에 노형진은 고개를 끄덕거렸다.

'확실히……'

김화자의 기억에 따르면 김화자에게 먼저 접근한 건 이경 만이었다. 그리고 이경만은 자신의 아들인 이충성이 김화자 와 관계가 있다는 사실을 알고 있을 가능성이 높았다.

"그가 비밀을 쥐고 있다고 봐도 무방하겠군요."

"네."

"그럼…… 그를 설득해야 하나요?"

"설득하는 건 둘째 치고 그걸 어떻게 이용하실 겁니까? 그 들에게도 반가운 상황이 아닐 텐데요."

그 말에 노형진은 한숨을 쉬었다.

"원래 변호사들이 가장 잘해야 하는 게 뭔지 아십니까?"

"재판?"

그 말에 노형진은 고개를 흔들었다.

"아니요. 그건 하수고요. 진짜 고수 변호사들이 잘해야 하는 것은 협상입니다."

"설마……."

"협상을 해 봐야지요."

그것이 서로가 윈윈하는 길일 것이라고 노형진은 믿어 의심치 않았다.

협상

"반갑습니다, 최철수 의원님."

노형진은 고개를 뻣뻣하게 들고 있는 그에게 고개를 숙였다.

"반갑소이다. 그래, 날 보고 싶다고 했다고."

"그렇습니다. 의원님께 도움을 좀 드릴까 해서요."

"도움?"

모른 척하고 있었지만 그의 얼굴에서는 기대의 빛이 피어오르고 있었다. 노형진과 새론이 실질적으로 대룡의 법무 부문을 담당하고 있다는 사실을 그가 모를 리 없다. 그런 상황에서 노형진에게서 만나자는 얘기를 들었으니, 은근히 뭔가를 바랄 수밖에 없는 것이다.

"저희는 이 나라의 정치 선진화를 위해 의원님 같은 사람이 필요하다고 생각하고 있습니다."

"어허허, 이 사람, 얼굴에 금칠하기는."

그러면서도 만면에 미소가 떠오르는 최철수.

"아닙니다. 이 나라에서 정치하는 사람들은 다 부자가 아닙니까? 하지만 의원님은 스스로 일어나서 정치하시는 분이니 어찌 이 나라의 국민을 대표하지 않는다고 하겠습니까?"

"하긴, 그렇지요. 내가 스스로 일어나서 여기까지 왔지. 허허허."

기분이 좋아서 그런지, 아니면 뭔가를 기대해서 그런지 은근슬쩍 존댓말로 바꾸는 최철수.

그가 계속해서 말했다.

"사실 노 변호사 같은 사람이 이 나라의 정치를 위해 노력해 주시니 세상이 발전하는 것 아니겠습니까?"

"그럼요, 하하하."

노형진은 웃으면서도 속이 쓰렸다.

'끄응…… 끼리끼리 논다더니만.'

노골적으로 말하지 않았을 뿐이지, 지금 최철수는 노형진에게 정치 자금을 요구하고 있는 것이다.

하긴, 그의 목표는 국회의원이다. 그러나 이경만이 죽고 나서는 정치 자금이 끊겨져 다른 곳에서 들어오는 자금만으로 국회의원이 되는 데에 필요한 공천비를 만들 수는 없었으리라.

"그래서 대룡에서는 최철수 님의 발전을 위해서 어느 정도의 정성을 보여 주고자 하는 의견이 있습니다."

"대룡에서?"

순간 눈에서 빛이 반짝이는 최철수. 설마 대룡이 직접 나올 거라고는 생각하지 못했던 것이다.

물론 대룡이 정치인들을 관리하기는 하지만, 자신은 시의원이라 직접적인 관리 대상으로 삼기에는 많이 부족한 게 현실이다. 그래서 잘해 봐야 새론에서 조금 도와줄 거라 생각했는데 대룡이라니.

"대룡에서 도와준다면 천군만마를 얻는 셈입니다. 으하하하!"

농담이 아니다. 대룡에서 밀어준다는 사실 하나만 있어도 정당에서는 공천자금 없이 자신을 공천해 줄 게 확실하다. 기업이 한 정치인을 대놓고 밀어주는 경우란 극히 드물기 때문이다.

"다만 의원님의 도움이 좀……."

"말씀하십시오. 내 도와줄 수 있는 것은 도와 드리리다."

그 역시도 정치인. 저쪽에서 전폭적으로 지지해 준다는 것은 저쪽도 자신에게 원하는 게 있다는 것을 모르지는 않았다. 그걸 자신이 할 수 있느냐 없느냐의 문제만이 남아 있을 뿐.

"이번에 저희 대룡에서 성화와 약간의 문제가 있는데……."

"성화라……. 익히 알고 있지요. 성화에서 좀 안 좋은 수를 쓴 것은……. 하지만……."

그러나 성화를 깨부수는 것을 도와주기에는 성화가 너무

버겁기 때문에 약간 정색하는 최철수. 하지만 노형진은 성화와의 싸움에 그를 끼어들게 할 생각이 없었다

"아닙니다. 설마 의원님을 번거롭게 하겠습니까?"

"그럼요?"

"다만 대룡의 회장님인 유민택 회장님께서는 유상호, 아니 이제는 상호라고 해야겠군요. 유씨 가문이 아니니까요. 상호의 아이들의 미래를 걱정하고 있습니다. 가문에서 축출당하고 고아원으로 들어갔더군요."

"그래요? 안타깝군요."

역시 노쇠한 정치인답게 그다지 흔들리지 않는다. 하긴, 몇 년간 관계없이 살아왔으니 그럴 수도 있다.

'이 말에도 안 흔들리나 보자.'

노형진은 속으로 미소를 지으면서 계속 말을 꺼냈다.

"그래서 이상호의 아버지를 찾아볼까 생각 중입니다. 그렇게 되면 재산을 어느 정도 물려줄 수 있으니까요."

"방금 뭐라고……."

"네? 제가 뭐라고 했나요?"

"이상호라고……."

"아, 그랬나요? 잘못 말했습니다. 유상호입니다. 하하하, 이상호라니요. 그런 사람은 없죠. 하하하."

그저 잘못 말했다고 말했지만 그는 상당히 불편한 얼굴이 되어 있었다.

"크흠……."

"어디 불편하십니까?"

"아닙니다. 그냥 소화가 좀……."

"아이고, 이런…… 오래는 말씀드리지 못하겠군요. 그럼 짧게 말씀드리겠습니다. 의원님이 허락해 주신다면 의원님의 공천비는 저희 쪽에서 지원해 드리고자 합니다."

"그 말씀, 감사합니다."

"별말씀을요. 여기 제 명함입니다. 급한 일이 있으면 연락 주시기 바랍니다."

"알겠습니다. 크흠……."

이상호라는 말에 그가 눈에 띄게 당황하고 있는 것이 보였다. 하지만 그걸 대놓고 드러낼 수는 없었다. 그러나 노형진은 그것만으로도 그가 뭔가 알고 있음을 알 수 있음을 확신했고 공천 자금을 미끼로 떡밥을 던진 것이다.

'과연 안 물고 버틸 수 있을까?'

이경만이 죽고 나서 정치 자금이 끊어진 최철수다. 하지만 돈이 없으면 버틸 수 없는 게 정치판이다.

실제로 조사를 통해 그동안 모아 놓은 돈이 있으니 당장은 의원 자리를 지킬 수 있겠지만, 다음 총선 때는 출마는커녕 경기도의원 자리도 지키기 힘들다는 사실을 알아냈다.

"잘 부탁드립니다."

노형진은 꾸벅, 인사를 건네고 나갔다.

"이거면 됩니까?"

고문학은 고개를 갸웃했다. 아무런 말도 안 하고 그냥 나오다니?

"원래 대놓고 말하면 서로가 곤란한 법입니다. 서로가 알아들으면 그걸로 충분한 겁니다."

"하여간 정치 놀음이란……."

"세상에 쉬운 게 없죠. 하하하."

"뭐, 그거야 그렇다고 치고 노 변호사님은 이런 걸 어떻게 아신 겁니까?"

이제 노형진의 나이 스물한 살. 당연히 아직은 이런 걸 모르는 나이여야 한다.

"뭐, 그냥 운이 좋았다고 생각해 주십시오."

"이건 운으로 되는 게 아닌데……."

이런 건 운이 아니라 경험에서 나오는 법이다. 그런데 노형진은 아무리 봐도 경험이 풍부해 보였다.

"비밀입니다."

"하하하."

차를 타고 얼마나 갔을까? '띠링.' 하는 소리와 함께 문자가 도착하자 노형진은 그걸 확인했다. 낯선 번호와 함께 찍혀 있는 주소 그리고 시간.

"역시 물었군요."

최철수의 전화번호는 알고 있다. 하지만 이건 최철수의 전화번호가 아니다. 그럼에도 확신하는 것은 정치인이라면 이런 예민한 문제를 자기 전화로 할 리가 없기 때문이다.

"어디로 가면 됩니까?"

"요정으로 가야 하는군요."

"돈은 우리 측에서 내겠죠?"

"뭐, 그렇지요. 일단 가서 예약해 놓도록 하죠."

노형진의 말에 고문학은 고개를 끄덕거렸다.

"반갑습니다, 의원님."

정해진 시간이 되자 최철수가 정해진 장소로 왔다.

"어떻게 안 거요?"

그는 들어오자마자 다짜고짜 말했다.

"뭘 말씀이십니까?"

"피차 말장난하지 말도록 합시다. 여기는 안전하니까."

하긴 그럴 것이다. 예약하자마자 이 주변을 돌아다니면서 전파탐지기로 전파형 몰래 카메라나 녹음기의 존재를 확인했을 뿐만 아니라 구석구석을 뒤져서 비전파형 녹음기 같은 것이 있는지도 확인했다.

심지어 지금 이곳은 요정과 어울리지 않을 고음의 음악이 흐르고 있다. 따라서 이 방에서 오가는 대화를 녹음하는 건 불가능할 것이다.

'역시였나?'

예측하고 고르기는 했지만 최철수의 반응을 보니 예측이 맞았던 모양이다.

"그냥 김화자의 성격을 되짚어 봤지요. 그런 성격에 만날 사람이 얼마나 되겠습니까?"

"망할 년!"

최철수는 잔에 술을 채우더니 그대로 쭉 들이켰다.

"어디까지 아는 거요?"

"뭐, 초선 노릇을 했다는 것까지요."

"끄응……"

그렇다면 거의 다 안다는 뜻이기에 최철수는 신음성을 흘렸다.

"내가 이렇게 될까 봐 회장님께 수차례 간언을 했건만."

"그런데 이렇게 된 겁니까?"

"나이를 먹으면 판단력이 흐려지니까. 그년이 꼬리를 치는 것에 넘어간 거지. 솔직히 아내라는 사람이 쭈그렁바가지가 되었고 옆에서 탱탱한 여자가 꼬리 치는데 싫다고 할 남자도 없고."

"그럼 이충성은 알고 있습니까?"

"알다 뿐이겠소? 아무리 그가 다른 형제들보다 좀 뛰어나다고 하지만 검증 기간도 없이 후계자가 된 데에는 다 이유가 있는 거요."

"네?"

노형진은 깜짝 놀랐다. 설마 이충성까지 알고 있을 거라 생각하지 못했기 때문이다.

'이거 완전히 콩가루 집안 아냐?'

"애초에 이충성이 그년을 소개시켜 준 건데, 모를 리가 있나?"

"그렇습니까?"

이야기를 들으면서도 노형진은 어이없는 현실에 기가 막힐 따름이었다. 아버지에게 여자를 붙여서 후계자를 차지하는 막장인 소설이 있긴 하지만 설마 현실 버전이라고는 생각도 하지 못했던 것이다. 더군다나 자기 여자였던 여자를 말이다.

'아니지. 자기 여자도 아니지…….. 유부녀잖아? 뭐가 이렇게 막장이야?'

불륜 드라마보다 더한 내용에 노형진은 입맛을 다셨다.

"그럼 임신 사실은 몰랐습니까?"

"모르긴…… 알았지."

"그런데 왜 안 지운 겁니까?"

말을 하면서도 끊임없이 술을 들이키는 최철수. 그의 눈은 벌겋게 변하고 있었다. 그걸 보면서 노형진은 자신이 모르는 것이 있다는 사실을 깨달았다.

'너무 쉬워.'

이런 비밀은 보통 무덤까지 가지고 가기 마련이다. 그런데 아무리 술을 먹으면서 한다지만 생각보다 쉽게 말하고 있었다. 단순히 자신들의 조건이 마음에 든 것치고는 이상했다.

'그렇다면…… 한 가지뿐이군.'

그가 이렇게 화내는 것은 생각해 보면 뻔한 이유 때문이다.

"미래 측에서 선을 끊었습니까?"

최철수는 술을 쭈욱 들이키는 것으로 대답을 대신했다.

"그렇군요."

"이제는 세대가 바뀌니까."

알 것 같았다. 아버지는 죽었고 이제 이충성의 아이들이 전면에 나갈 시점이다. 그 상황에서 별 볼 일 없는 정치인에게 돈을 주는 것은 이상하게 여겨질 게 뻔하다.

"근데 왜 안 지운 겁니까?"

"지우려고 했지. 근데 유민택 회장이 눈치가 좀 빨라야지."

임신 사실을 알았을 때 이충성은 애를 지우려고 했다. 하지만 신분이 있다 보니 몰래 조용히 지우는 게 쉬운 게 아니어서 여기저기 알아보는 사이, 유민택이 임신 사실을 알아챈 것이다.

"그 후에는 의사가 붙어서 금이야 옥이야 보살폈으니 지울 틈이 있었겠나."

"쯧쯧."

'유 회장님은 전생에 나라를 팔아먹었나? 인생이 왜 이렇게 꼬이나? 하긴…… 나도 할 말이 없긴 하지만'

노형진은 유민택의 마음이 이해가 갔다. 자신만 해도 금이야 옥이야 키운 자신의 아이들이 남의 아이였지 않은가? 그건 진짜로 하늘이 무너지는 느낌이었다.

그렇기 때문에 더욱더 유민택이 손자인 영민에게 잘해 주는 건지도 모른다. 유일하게 입증된 자신의 살아 있는 혈육이니까.

'그나저나 설마 미래와 싸우겠다고 하는 건 아니겠지?'

지금의 대룡은 미래와 싸울 힘이 없다. 그러니 협상하려는 것이고.

"그런데 그런 말씀을 하는 걸 보니 결심하셨나 봅니다."

"그렇소이다."

"제가 모르는 것이 있습니까?"

단순히 지원을 끊었다고 이렇게 정보를 가지고 나온다고 보기는 힘들다. 결정적으로 그들에게 배신당한 뭔가가 있다는 뜻이다.

'킬러? 아니야. 킬러를 보내기에는 애매해……. 거물은 아니지만 이슈화될 정도의 자리에는 있으니까. 더군다나 최철수 의원이 안전장치를 안 해 놓지는 않았을 테고.'

"우리 처형이 작은 공장을 하고 있지. 그런데 얼마 전에 망했소."

"망하다니요? 설마?"

"경고지. 원래 내 소개로 미래와 거래했거든. 그런데 갑자기 거래를 끊고 소송을 걸더군."

이제는 도와주지 않을 테니 알아서 기라는 일종의 협박이 들어온 것이다. 그러니 최철수 의원은 크게 화가 난 것이고.

"근데 왜 이야기를 안 하는 건가요?"

"어디에? 이걸 이야기해 봐야 지라시 정도에나 터지고 말 텐데. 막말로 40년 전 이야기요. 이제 검증할 방법도 없소이다."

하긴, 당사자인 상호는 죽어서 한 줌의 재가 되어 날아갔다. 입증할 수 있는 유일한 방법은 지연, 미연의 유전자뿐. 그런데 성화에서조차 내쳐진 그녀들을 데리고 그런 미친 짓을 할 사람은 없다. 더군다나 상대는 미래다.

"미래는 과거의 미래가 아니니까."

재계 서열 2위. 과거에 비해서 엄청난 순위 상승을 했다. 성화에서 친권 소송을 포기할 정도로 말이다.

"그런데 저희한테 온 건……."

"설마 내가 가진 비밀이 그것뿐이라 생각하는 거요?"

'어쩐지.'

반격이다. 자신들을 방패로 삼아서 내미는 반격, 너희가 날 버리면 나도 방법이 있다는, 대룡이 없다면 대책이 없지만 대룡 정도의 방패가 있다면 대항해 볼 만하다는 뜻의.

'어쩐지 무섭네.'

이 바닥이 이렇다는 건 익히 알고 있었지만, 이 치열하게 먹고 먹히는 현실이 노형진은 무서워졌다. 물론 그렇다고 손을 떼거나 하지는 않을 테지만.

"사실 이런 건 노 변호사가 알아서 하겠지만 외부에 터트릴 정보는 아니지 않소? 안 그렇소?"

"잘 아시는군요."

"그렇기 때문에 내가 여기에 온 거요."

이건 추문이라고 하지만 나간다고 해서 미래에 큰 타격을 줄 정보는 아니다. 말 그대로 그냥 추문일 뿐이다. 그나마 타격이라고 할 만한 것은 재산권 분쟁 정도다.

"하지만 노 변호사가 이걸 소송에까지 가지고 갈 리가 없지."

그렇게 된다면 성화의 입장에서는 미래와도 전쟁을 해야 한다는 뜻이다. 하지만 그건 반갑지 않은 상황이니 결국 조용히 뒤에서 거래로 끝낼 일.

'역시 똑똑한 사람이네.'

단순히 지원받아서 정치인이 된 건 아닌 게 확실했다. 하긴, 거대 기업의 비서로 30년이 넘게 근무하면서 이 자리에 왔다는 것 자체가 그가 멍청하지 않다는 반증이다. 멍청한 놈들은 몇 푼 받고 그걸로 흥청망청하다가 망해 버리니까.

"나 역시 미래와 척을 지고 싶지는 않소. 하지만 지원이 필요하기는 하지. 양측의 지원이라면 더 높은 곳을 바라볼 수 있을지도."

'그건 무리일걸요.'

자신의 기억에 최철수라는 사람은 없다. 물론 대룡에서 지원해 주면 어찌 될지 모르지만, 최철수가 대선까지 갈 만큼 대룡과 미래가 지원해 줄 리가 없다. 둘 다 부담스럽기 때문이다.

'뭐, 이런 이야기까지 할 필요는 없고.'

"그럼 그 증거는 뭡니까?"

"여기 있소이다."

그는 수첩과 봉투 하나를 꺼냈다.

"그건?"

"그 당시 스케줄 표요. 하지만 사실 그건 중요하지 않지. 진짜 중요한 건 그 봉투요."

"설마?"

"유전자 검사지."

"유전자요?"

노형진은 깜짝 놀랐다. 설마 그 당시에 유전자 검사가 있을 거라 생각하지 못했기 때문이다.

"사실 태어날 때까지는 없었소. 하지만 어느 정도 나이가 들고 나서 회장님이 찜찜했던 모양인지 검사를 의뢰했지."

"그래도 시간이……."

"맞소. 무려 5년이나 걸렸지. 하버드대에 의뢰해서 했는데도 말이요. 그 당시로서는 말 그대로 최첨단이었으니까. 뭐, 지금 다시 해 보고 싶다면 할 수 있을 거요."

"상호는 죽었습니다만?"

"그 당시 검사할 때 시료의 보관 시간을 30년으로 못 박았소. 우리 측이 아니라 대학 측에서 말이요. 아무래도 그때는 초반이라 오류가 있을까 봐 그런 거지. 그러니 하버드대에 가면 시료가 아직 있을 거요."

그 말에 노형진은 아무런 말도 할 수가 없었다. 부정할 수 없는 현실이 눈앞에 있었던 것이다.

"그럼 아버지가 누군지는 알아낸 겁니까?"

"그렇소이다. 그래서 이 모든 것이 비밀로 붙여진 거지."

"그럼 아버지는 누구라는 건가요?"

"유상호, 아니 이상호라고 해야겠군. 하여간 그 인간의 아버지는……."

⚖

유민택의 손은 어느 때보다 부들부들 떨리고 있었다. 누구보다 강한 분노 때문이다.

"이이익…… 이 노인네가……."

"진정하십시오."

"진정하게 생겼나, 지금……."

잔뜩 억눌린 목소리. 그건 스스로를 최대한 억누르고 있다는 뜻이었다.

"어쩐지…… 잘해 주더라니만……. 뭐, 손자 같다고? 손자

좋아하네."

유상호, 아니 이상호의 아버지는 이충성이 아닌 이경만이었다. 노형진의 예상이 처음부터 어긋난 것이다.

'뭐, 이런 콩가루 집안이 다 있는지.'

심지어 노형진조차 말하지 못할 정도였으니 그 피해 당사자인 유민택은 어떤 기분이겠는가?

"확실한 건가?"

"확실한 겁니다."

"이익······."

"화가 나도 참으셔야 합니다. 아직 미래와 전쟁할 수는 없습니다."

"그렇겠지."

그는 종이를 보다가 바로 냉장고에서 물을 꺼내 벌컥벌컥 들이켰다.

"후우."

믿었던 사람으로부터 배신당한 그의 마음을 아는 노형진은 어줍지 않은 말로는 그에게 위로할 수 없다는 사실을 알기에 조용히 바라볼 뿐이었다.

"아직은 전쟁할 때가 아니지······. 아직은."

하지만 그가 포기하지는 않을 것 같았다.

'좀 도와줘야 하나?'

동병상련이라고 할까? 대략적인 미래의 흐름을 알고 있는 노형진이니 그가 도와준다면 순위를 뒤집는 것은 일도 아니다.

'그러고 보니…… 핸드폰 운영체계인 사이보그가 이맘때 쯤에 개발되고 있지 않나? 그게 유통되고 스마트폰만 제대로 개발해도…….'

사이보그 진영 쪽에서 유명한 일화가 있다. 바로 개발자가 한국의 모 기업에 사이보그 프로그램을 팔러 왔는데 과장이라는 작자가 경비원을 동원해서 쫓아낸 것이다.

당장 사이보그만 선점해도 장차 전 세계 핸드폰 시장의 80% 이상을 차지하는 셈이니 말이 나오지 않을 정도로 어이없는 짓이 아닐 수 없다.

'뭐, 나중에 생각하자.'

일단은 지금 그걸 이야기해 봐야 유민택이 받아들일 상황은 아니니까.

"어쩌면 좋겠나?"

한참이 지나서 좀 진정된 그가 입을 열었다. 어차피 배신당한 것 더 아파해 봐야 자신만 손해라는 것을 알기 때문이다.

"일단은 협상을 해야지요."

"협상?"

"그렇습니다. 이건 전면전으로 끌고 가 봐야 소용없습니다. 솔직히 대룡의 입장에서는 전면전으로 끌고 갈 이유도 없고요. 지연이와 미연이는 이제 유씨 가문의 사람이 아니니까요."

"그렇겠지."

여전히 손녀로서의 정을 가진 유민택이지만 법적으로 그들은 남남이다. 그들 때문에 전면전에 나서면 가문 사람들과 주주들이 좋아하지 않을 건 뻔한 일.

"제가 보기에는 협상을 통해 적당히 재산을 받아 주는 게 좋다고 생각합니다."

"하지만 그런다고 성화에 무슨 문제가 생기겠나? 두 아이가 미래를 준비할 돈이 생긴다는 점에서는 다행이라고 생각하네만."

애초에 계약은 성화를 공격하기 위해 두 아이를 이용하는 것이었다. 물론 대상이 이렇게 거대한 곳이라고 생각하지 못하고 한 계약이지만 어찌 되었건 계약은 계약이다.

"그래서 제가 고민을 좀 했습니다만…… 어쩌면 치명적인 타격을 입힐 수 있을지도 모르겠습니다."

"치명적인 타격?"

"그렇습니다. 하지만 그렇기 위해서는 돈을 좀 쓰셔야 할지도 모릅니다."

"돈이라니?"

"대룡에 건강식품을 제조하고 판매하는 곳이 있지요?"

"그러네."

"그곳을 좀 이용해야 합니다."

"건강식품?"

"네."

"도대체 성화와 건강식품이 무슨 관계가 있다는 건가?"

"제 계획은 이렇습니다."

노형진은 자신의 계획을 하나씩 말해 주기 시작했고 그걸 들은 유민택은 '탁' 소리 나게 탁자를 두들겼다.

"이런 방법이 있을 줄은 모르겠군."

"이 정도면 충분히 타격을 입힐 수 있겠지요?"

"충분한 정도가 아닐세. 아마 계열사 하나쯤은 날릴 수 있을 게야."

"하시겠습니까?"

"암! 해야지! 돈도 벌고 복수도 할 수 있는데 당연히 해야지!"

"그럼 전 바로 준비하겠습니다."

드디어 피날레 준비가 끝나 가고 있었다.

⚖

이충성은 자신을 찾아온 남자를 뚫어지게 바라보았다.

노형진. 그가 자신에게 연락하자마자 비서진이 그에 대해서 조사했기 때문에 그가 누군지는 알고 있었다.

"그래서 자네가 어쩐 일인가? 설마 대룡에서 나와 전쟁을 하자는 건 아닐 테고?"

"전쟁이라니요?"

도둑이 제 발 저린다고 그는 벌써부터 전쟁 운운하고 있었다. 확실히 찔리는 게 있다는 소리다.

"저희도 그렇게까지 하고 싶지는 않습니다."

"그래?"

"그렇습니다. 서로 웃으면서 사는 게 좋지 않겠습니까?"

"웃으면서 산다라……. 좋지. 하지만 그럴 수 없는 사이도 있지 않은가?"

성화와 대룡의 사이를 언급하는 그였다. 확실히 이제 성화와 대룡은 함께 살 수 있는 상황이 아니었다. 바람을 피운 건 김화자 혼자의 잘못이라고 할 수 있지만, 그걸 알면서도 대룡을 집어삼킬 목적으로 후계자를 죽인 건 성화이기 때문이다.

"뭐, 그렇지요. 하지만 적의 적은 친구라고 할 수도 있죠."

"우리는 그다지 성화의 적은 아니네만."

"적은 아니죠. 하지만 적이 될 만한 다분한 가능성을 가지고 있죠. 가령…… 유산상속분이라던가…….."

"유산상속이라니?"

"전 가끔 그런 생각을 많이 합니다. '나이 차이가 많이 나는 형제가 하나 있으면 어떨까?'라는 생각 말입니다."

"크흠……."

그 말에 이충성은 헛기침을 했다.

"아니면 귀여운 여자 조카도 나쁘지 않네요."

"그렇게 생각하나?"

"그럼요. 귀여운 조카가 재롱 떠는 거 볼 만하지 않겠습니까? 뭐, 그걸 보는 다른 형제들은 어떻게 생각할지 모르겠지만요."

그는 잠시 침묵을 지키다가 내부 인터폰을 들었다.

"김 비서, 지금부터 모든 스케줄을 취소하게. 그리고 아무도 들여보내지 말고."

"알겠습니다."

그러고는 전화기를 들고 노형진을 노려보았다.

"그래서 우리와 전쟁을 하고 싶다는 건가?"

알고 왔다는 것을 그는 모르지 않았다. 그리고 성화와 대룡이 싸우고 있다는 것도 말이다.

"저희가 그럴 상황이 아니라는 것은 알고 계실 텐데요?"

성화조차도 미래가 무서워서 양육권을 포기했다. 성화가 대룡에 무슨 짓을 했는지 알고 있는 미래에서는 자신의 혈육인 두 사람이 성화로 들어가는 걸 거북스러워 한다는 걸 알기 때문이다.

"그래서 성화와 싸우는 데에 도움이라도 달라는 건가?"

"원래 복수는 남의 손으로 하는 거 아닙니다. 우리나라가 미국의 도움으로 해방하고 나니 완전히 친일파 천지 아닙니까?"

"그럼?"

"원래 정이라는 게 무섭지요."

"정이라는 게 무섭다?"

"네, 유민택 회장의 의견은 간단합니다. 적당한 재산을 주신다면 손을 떼겠다는 거죠."

"그걸 어떻게 믿지?"

"만일 적당한 재산을 두 사람에게 준다면 입적시키겠답니다."

"입적?"

"네."

입적. 말 그대로 입양하겠다는 뜻이다. 그리고 법적으로 그 두 명이 정식으로 입양된다면 원래 관계는 완전히 단절되며 양육비나 기타 재산 분배를 요구할 권리 자체가 날아간다.

"그래서 요구하는 게 뭐지? 들어 봐서 합당한 조건이면 들어주지."

문제는 그 합당한 조건이라는 게 고작해야 수십억이라고 생각하고 있을 거라는 것이다. 100억이 넘으면 그들은 줄 생각을 안 할 것이다. 그렇다고 그 돈을 받는다고 성화와의 싸움에서 유리해지는 것도 아니다.

'내 기억이 맞기를…….'

노형진이 생각하는 건 다른 것이었다. 그게 맞는다면 이 싸움은 완전히 뒤집힐 테니까. 문제는 그게 확실하지 않다는 것.

"테피카오 지역을 원합니다."

"테피카오? 거기가 어딘데?"

순간 처음 들어 보는 말에 이충성은 고개를 갸웃했다.

"필리핀에 있는 지역입니다. 미래가 소유하고 있죠."

"그런 곳은 모르는데?"

'그러니까 문제인 거다.'

노형진이 어렴풋하게 기억하고 있는 사건.

한국의 모 기업이 테피카오 지역에 대한 소유권을 상실한 사건이었다. 한국도 그렇지만 필리핀에도 있는 법규 중 하나가 바로 점유 시 소유권 이전에 관한 규정이었다.

특정 지역을 평온하게 20년 이상 점유하면 기존에 있던 소유권은 상실하며 점유하고 있는 사람에게 소유권이 넘어간다는 법.

'문제는 그게 미래인지 확실하지 않다는 건데.'

어느 곳인지 확실하지 않지만 어떤 기업이 공사 대금을 대신하여 일부 지역을 받았는데 그 지역이 워낙 낙후된 곳이라 신경도 안 쓰다가 결국 그 법 때문에 통째로 빼앗긴 것이다.

'그 당시에 그런 규모의 공사를 할 수 있는 건 성산이나 미래, 아니면 한성인데…….'

문제는 필리핀에까지 가서 확인할 틈이 없었다는 것. 오죽 방치되었으면 회장조차도 그곳을 알지 못했다고 하니 말이다. 나중에 법원에서 명령서가 날아와서 부랴부랴 항소했지만 결국은 패소했다고 전해진다.

'기한이 거의 끝일 텐데…….'

"테피카오…… 테피카오……. 아무리 생각해도 모르겠군."

'그렇겠지.'

안다면 그렇게 허무하게 빼앗기지는 않았을 것이다.

"뭐, 땅 가격은 얼마 안 합니다. 우리나라 돈으로 대략 80억 정도 할 겁니다."

워낙 환율이 우리나라에 비하여 싼 필리핀인 데다가 워낙 낙후된 지역이어서 필리핀 내부에서도 싼 가격으로 매겨진 지역이었다.

"그곳이면 물러나지요."

"일단 알아봐야겠군."

솔직히 자매가 법적으로 끝까지 싸우겠다고 하면 돈은 둘째 치고 외부가 시끄러워져서 주가가 떨어질 게 뻔하기에 어지간한 지역이면 물러나는 것도 나쁘지 않은 조건이었다.

"알아보고 연락을 주지."

"네, 잘 부탁드립니다. 누차 말씀드리지만 저희는 미래와 싸울 생각이 없다는 점, 알아주셨으면 합니다."

"보면 알겠지."

그 지역이 어떤 지역인지 본다면 뭐든 알게 될 것이리라. 이충성은 그렇게 생각했다.

⚖

"테피카오라는 지역이 진짜로 우리 땅이라고?"

"그렇습니다. 수십 년 전에 공사 대금 중 일부로 불하받았습니다.”

“그런데 왜 지금까지 모른 거야?”

이충성은 어이가 없었다. 한두 평도 아니고 수백만 평에 달하는 대지를 가지고 있는데도 모르다니?

“그게…… 워낙 낙후된 지역이라 배보다 배꼽이 큽니다.”

“무슨 소리야?”

“도로도 없고 마을도 없습니다. 전기도 안 들어오고 거의 대부분이 완전 오지입니다. 말이 대가로 받은 거지, 거기에 들어가는 도로를 만드는 돈이 그 땅값보다 더 들 지경인지라…….”

“뭐야? 그딴 걸 왜 받은 거야?”

“원래는 돈으로 받기로 했습니다만 공사가 끝나고 나서 갑자기 돈이 없다고 하는 바람에…….”

“끄응…….”

하긴 수십 년 전의 필리핀이라면 그게 가능할 것이다. 지금도 그다지 잘사는 나라는 아니니까.

“솔직히 가지고 가서 개발해서 판다 한들 배보다 배꼽인 지역입니다. 그래서 아무도 신경을 쓰지 않다 보니…….”

어찌 되었건 수백만 평이나 되는 땅을 관리자도 없이 그냥 뒀다는 것은 구조적으로 문제가 있다는 뜻.

‘한번 정리해야겠군.’

그는 그렇게 생각했지만 의외로 다행이라는 생각도 들었다.

“만일 그곳을 개발한다면?”

"못해도 400억 이상은 들 겁니다. 그런데 땅값이 기껏해야 한 80억 정도 하는 곳인지라……."

"쓰레기 같은 곳이군."

"네."

"바다는 접하고 있나?"

"그렇기는 합니다만 진짜로 촌이라 부두는커녕 아무것도 없습니다."

"그렇단 말이지. 그곳을 판다면 얼마에 팔릴 것 같나?"

직원들은 고개를 흔들었다.

"팔기도 힘들 겁니다."

"그 정도야?"

"말 그대로 촌이니까요."

"흠……."

이충성은 생각에 잠겼다.

'일단 피해는 없는 것 같기는 한데. 왜 하필 그곳이냐는 건데.'

아무리 봐도 그곳은 쓸데없는 곳이다. 심지어 자신들도 모르고 있었던 만큼 말이다. 문제는 그곳을 요구한 것에는 이유가 있을 거라는 것. 하지만 아무리 생각해도 이유가 없어 보였다. 그리고 그곳이 도움이 될 일도 없어 보였다.

"그곳이면 되겠군."

어차피 없는 곳으로 알던, 아니 존재 자체도 모르던 곳이다. 그러니 그곳을 넘겨줘도 자신들에게는 큰 문제가 없다.

이것이 법이다

게다가 소송을 하게 되면 최소한 국내 공장 하나는 줘야 하는데 그렇게 되면 회사 주식이 최소 수백억은 떨어질 테니까.

"무슨 말씀이신지?"

다들 고개를 갸웃했지만 이충성은 말은 끊었다.

"아닐세."

어차피 묻어 버릴 추문이라면 남에게 이야기할 이유도 없다.

"그 땅을 명의 이전할 테니까 그렇게 알고 준비하게."

"네."

워낙 쓸모없는 땅이었기에 다른 사람들도 고개를 끄덕거렸다.

얼마 뒤, 테피카오 지역은 정식으로 두 사람 명의로 넘어왔다. 처음에는 회사 내부에서 약간의 반발이 있었지만 실상을 안 일부 사람들이 차라리 싸게 먹히는 거라고 진압해서 별문제 없이 자매의 땅이 된 것이다.

"유 회장님, 긴장하신 것 같습니다."

노형진은 방 안에서 왔다 갔다 하는 유민택을 바라보았다.

"솔직히 그렇군. 자네도 알다시피 십수 년을 손녀로 키워 오지 않았던가?"

약속대로 그녀들은 유민택의 가문에 입양되었다. 물론 재산을 주지 못하겠다는 집안의 결정 때문에 유민택 쪽이 아닌 먼 친척으로 입양되어 실질적으로 재산을 물려받게 되지는 않았지만, 어찌 되었건 당당하게 유씨 가문의 일원이 된 것이다.

"그 어린것들이 고아원에서 고생한 걸 생각하면······."

찾아가고 싶어도, 위로하고 싶어도 가문사람들의 시선 때문에 그렇지 못한 할아버지의 눈에는 벌써 눈물이 그렁그렁해지는 듯했다.

'역시 정이라는 게 무섭기는 하다니까.'

회귀 전 노형진이 가장 힘들었던 것은 아내가 배신했다는 사실보다 두 아이에게서 정을 떼는 것이었다. 그것을 알기에 노형진은 그의 기분을 안다는 듯 고개를 끄덕거렸다.

"그나저나 자네 말대로 될 거라고는 생각하지 못했네."

"사전에 말씀드렸잖습니까?"

"그냥 이론인 줄 알았지."

"근데 그걸 왜 받아들이신 겁니까?"

"그거야······."

안 봐도 뻔하다. 어느 정도의 피해를 각오하고서라도 두 아이를 데리고 오고 싶었던 것이리라.

"잘되었으니까 걱정하지 마십시오. 이제 쥐고 흔드는 일만 남았습니다."

"그렇지. 벌써 그쪽은 흔들리고 있다니까."

"네."

계획은 멋들어지게 성공했고 이제 남은 건 두 아이를 보는
것. 강소영이 데리러 간 두 아이를 기다리는 유민택은 왠지
잔뜩 긴장한 얼굴이었다.

"회장님, 강 상무님이 오셨습니다."

"들어오라고 하게."

인터폰에서 들리는 목소리. 유민택은 서둘러 들어오라고
했고 문이 열리면서 강소영이 안으로 들어왔다.

"아버님."

"그래, 다녀오느라 수고했다. 어려운 일은 없었고?"

"네."

"다행이구나."

서로 이야기하면서도 유민택은 그 뒤에 있는 두 사람에게
서 눈을 떼지 못하고 있었다.

'쯧쯧.'

노형진은 두 아이를 보면서 혀를 끌끌 찼다. 완전히 주눅
이 든 채로 눈치를 보는 아이들. 전형적인 반응이었다.

가장 믿었던 사람들이 자신들을 배신했고, 자신들이 정상적
인 과정이 아닌 불륜의 결과로 태어났다는 사실을 알았을 때
이 아이들은 스스로의 존재 이유 자체를 잃어버렸을 것이다.

"애들아, 할아버지한테 인사해야지."

강소영이 아이들을 앞으로 밀었지만 두 아이는 서로 눈치

를 보면서 아무런 말도 하지 못했다.

"음……."

하긴 당연한 것이다. 그냥 불륜도 아니고 자신의 부모는 권력을 잡을 욕심으로 형제를, 아니 형제라 믿고 있던 사람들을 죽였으니 말이다.

"안녕하세요."

"아…… 안녕하세요."

언니인 유지연이 먼저 어렵게 입을 열자 동생인 유미연 역시 조심스럽게 입을 열었다. 하지만 여전히 느껴지는 두 사람의 벽.

"회장님."

그걸 바라보는 유민택을 노형진은 나지막하게 불렀다. 이럴 때는 먼저 다가가 줘야 한다. 그렇지 않으면 아이들은 다가오지 못한다.

"알고 있네."

유민택은 노형진을 바라보고는 고개를 끄덕거리더니, 한 걸음 앞으로 나가서 몸을 낮추면서 두 팔을 벌렸다.

"손녀들이 할아버지를 오랜만에 봤으면서 안아 주지도 않는 게냐?"

눈물로 가득한 얼굴로 두 손을 벌리면 말하는 유민택. 그러자 두 아이는 그 말에 그대로 무너지듯이 그 품에 안겨 들어갔다.

"우아아아앙!"

"할아버지!"

버림받았던 만큼 자신을 사랑하는 사람이 얼마나 소중한지 알고 있었기에 유민택에게서 느껴지는 시선이 얼마나 따뜻한지 느낀 것이다.

"엉엉."

"할아버지, 잘못했어요. 엉엉엉."

"아니다…… 아니야……. 너희가 무슨 잘못이 있겠니……. 다 어른들의 잘못이지."

두 아이를 품에 안고 다독거리면서 우는 유민택을 보면서 노형진은 왠지 가슴이 찡해졌다. 가장 믿었던 사람들로부터 배신당한 사람들이 이제 진정으로 서로를 믿는 한 가족이 된 것이 너무나도 감동적이었던 것이다.

"아, 눈물 나네……."

괜스레 눈물을 닦으면서 고개를 돌리는 노형진. 그리고 한 구석에서 조용히 눈물을 흘리는 강소영.

회장실은 모두의 작은 울음소리로 가득 찼다.

⚖

"진짜로 안 할 거야?"

"네."

대룡그룹의 법무 팀을 맡아 달라는 유민택의 부탁에 노형진이 고개를 흔들자 새론의 사람들은 깜짝 놀랐다.

"전에도 말했지만 제 꿈은 많은 사람들을 돕는 거지, 누군가를 위해서 충성을 바치는 게 아니라서요. 그리고 변호사가 충성을 바치면 어쩌자는 겁니까?"

"하긴."

변호사는 충성를 바쳐서는 안 되는 직업이다. 가끔은 한때 싸웠던 사람을 위해 변호하는 경우도 있지만 기본적으로는 수많은 의뢰인들을 위해서 싸워야 한다. 만약 누구 한 사람에게 충성을 바친다면 그건 변호사가 아니라 직장인이다.

"나야 고맙지만."

"괜찮습니다."

송정한은 입맛을 다셨다. 다른 곳도 아니고 대룡의 영입을 거절할 사람은 아마 대한민국에 없을 것이다.

"그나저나 성화 쪽은 어때요?"

"난리지요, 뭐."

성화에 대한 직접적인 공격이 없었지만 아이러니하게도 성화 측은 휘청거리고 있었다. 가장 타격이 큰 것은 김화자가 가지고 있던 성화의 건강식품 쪽이었다.

"도대체 일이 어떻게 된 거야? 이해를 못 하겠는데 설명 좀 해 주겠어?"

송 변호사는 이해할 수가 없었다. 쓸데없는 땅을 넘겨받은 자매까지는 이해하겠는데, 뜬금없이 성화의 건강식품 부문이 치명적인 타격을 받은 것이다.

"뭐, 간단합니다. 성화의 건강식품 부문의 주력 상품의 생산이 불가능하게 되었으니까요."

"왜?"

"테피카오 지역은 미래 측에서 방치하던 지역입니다. 반대로 말하면 정부에서도 미래 측에 넘겨서 무시하던 지역이고 미래 측도 토지 사용료를 받지 않은 덕분에 원래는 완전히 울창한 밀림이었지만 현재는 안쪽에 화전민들이 가꿔 놓은 밭이 엄청 많습니다. 공짜니까요."

"그런데 그게 성화랑 무슨 관계야?"

"성화 건강식품에서 요즘 주력으로 밀고 있는 게 알로에입니다. 전 세계적으로 알로에 열풍이 불고 있죠."

"그건 그렇지."

전 세계적으로 알로에가 몸에 좋다는 이야기가 돌면서 알로에는 품귀 현상을 빚을 정도다. 건강식품부터 화장품까지 마치 알로에 만능이라고 할 정도로 말이다.

이 알로에 제품을 누구보다 빠르게 생산한 덕분에 성화 건강식품은 한국 알로에 시장의 80%를 쥐고 있다.

"그들이 그렇게 빠르게 그리고 싸게 알로에를 구할 수 있었던 건 다름 아닌 테피카오 지역 때문입니다."

"뭐라고?"

"화전민은 한번 자리를 잡으면 4~5년 정도 농사를 짓고 떠납니다. 그리고 딱 그 사이클에 맞는 작물이 알로에죠. 더군다나 그 자체의 가치도 상당히 높구요. 그래서 사람들은 잘 모르지만 테피카오 지역의 화전민들에게서 나오는 알로에가 상당히 많습니다. 특히 세금도 토지 사용료도 내지 않기 때문에 유독 가격이 쌌죠."

　"아! 그럼 그 알로에의 소비처가……!"

　"네, 성화 건강식품이었지요."

　그랬다. 그렇게 방치된 곳에서 흘러나온 싼 가격의 알로에를 가장 많이 소비하던 곳이 바로 성화 건강식품이었다.

　"근데 그렇다고 해서 이렇게까지 흔들려? 다른 곳에서 사면 안 돼?"

　남상주 변호사는 고개를 갸웃했다. 형진은 웃으면서 추가 설명을 해 줬다.

　"알로에는 생장이 생각보다 느린 편입니다."

　일반적으로 알로에를 상품성이 생길 시점까지 키우려면 못해도 3년에서 4년, 적정한 상태를 위해서는 4년에서 5년 정도의 시간을 들여야 한다. 그리고 알로에를 한국에 소개한 성화는 엄청난 돈을 벌어들이고 있었다.

　갑자기 전 세계에서 알로에 열풍이 불고 있는 덕분에 세계적으로도 알로에가 부족하기 때문이다. 바로 짠 하고 자랄 수 있는 놈들이 아니니 경작지를 늘리고 있다지만 바로 나오지는 않을 것이다.

"테피카오 지역에서는 이제 주인이 정식으로 소유권을 주장할 것이고 무단 점유한 배상금을 낼 돈이 없는 화전민의 입장에서 돈이 될 거라고는 알로에뿐입니다. 결국 알로에는 우리 쪽에 넘어오게 되어 있죠. 그래서 제가 회장님에게 알로에 제품의 생산 준비를 서두르라고 한 겁니다."

그렇게 된다면 성화 건강식품은 치명적인 타격을 입을 것이다. 현재 매출의 70%가 알로에니까. 그렇게 되면 부도 위험이 높아진다.

"아까도 물어봤지만 다른 곳에서 구입할 수 있는 거 아닌가요?"

"알로에의 성장은 느립니다. 다시 말해서 알로에 열풍이 부는 지금, 상품성이 있는 알로에는 대부분 계약이 끝났다는 뜻이지요. 그리고 유 회장님께 말씀드려서 자잘한 농장까지 구할 수 있는 곳은 모조리 예약해 놓으라고 했습니다. 따라서 당분간 성화 건강식품이 알로에를 구할 방법은 없습니다. 물론 더 비싼 돈을 주고 살 수는 있겠지만 그쪽에서 싼 가격으로 구입해서 이쪽 시장을 먹은 게 성화입니다. 당연히 다시 생산하려면 이미 계약된 알로에 계약 파기금까지 물어 줘야 하니, 터무니없이 비싸질 수밖에 없습니다. 그에 반해 대룡에서 나오는 알로에들은 토지 대금으로 받아서 싼 가격에 들여오는 것이니 순식간에 점유율을 뒤집을 수 있겠지요."

"아!"

결과적으로 성화의 알로에 제품은 터무니없이 비싸질 것이고 대룡의 알로에 제품은 지금보다 훨씬 가격이 낮아질 것이다. 그렇게 된다면 국민들이 어떤 제품을 구입할지는 뻔한 일.

"하지만 아무리 그래도 성화야. 망하지는 않을 텐데?"

걱정스럽게 말하는 송정한. 그러나 노형진의 생각은 달랐다.

"차라리 망하게 두면 다행이죠."

"그게 다행이라고?"

"네."

이 시대 기업들은 마치 당연하다는 듯이 소위 말하는 문어발식 경영전략을 쓰고 있다. 어떤 식이냐 하면 기업 하나를 세우고 그걸 담보로 은행에서 돈을 빌려서 그 돈으로 다시 기업을 세우고 그걸 담보로 다시 돈을 빌려서 기업을 세우는 것을 무한 반복하는 것이다.

성화 역시 그런 상황이며 대룡그룹 역시 그런 부분이 적지 않다.

"만일 성화 건강식품이 흔들리면 성화그룹은 그걸 막아야 합니다."

그런 전략은 기업이 빠르게 성장할 수 있지만 반대로 하나만 흔들려도 연쇄 작용으로 인해 전체가 흔들린다. 하나가 망하면 그걸 만들기 위해 담보가 됐던 기업을 은행에서 차압하게 되니 한 번에 두 곳을 잃어버리게 되기 때문이다.

"결과적으로 성화는 그걸 막기 위해서 엄청난 자금을 부어야 합니다."

"아!"

그렇게 된다면 성화로서는 대룡과의 싸움에 들어가야 하는 자산들을 몽땅 성화 건강식품에 들이부을 수밖에 없다. 근소하게 유리했던 상황이 변하게 되는 것이다.

"더군다나 성화 건강식품은 김화자의 회사입니다. 그곳을 살리기 위해 그룹의 다른 곳에서 돈을 투자하기 시작하면 김화자의 지분은 작아지죠. 그러나 김화자의 특성상 그걸 인정하려고 하지 않을 테니."

그다음은 뻔했기 때문에 남상주 변호사가 고개를 끄덕거리면서 중얼거렸다.

"내분이군."

"맞습니다. 내분이 오겠지요."

현재 성화가 재계 서열에서 밀리면서도 대룡을 밀어붙일 수 있었던 것은 서로가 합심해서 공격했기 때문이다. 그러나 내분이 시작되면 그건 쉽지 않을 것이다.

물론 성화그룹의 알로에 농장이 유명하기는 하지만 그곳만 있는 건 아니다.

"4년이면 다른 곳에서 나오지 않아? 지금 계약해 두면 4년 후에는 제대로 된 상품이 나올 텐데?"

"맞습니다."

"그럼 의미가 없잖아?"

"세상에 영원한 건 없습니다."

"세상에 영원한 건 없다?"

"4년 전에 건강식품 분야에서 뭐가 유행했는지 아시는 분?"

"그거야…… 뭐였지? 기억이 안 나네."

4년 후면 알로에 열풍이 가라앉을 것이다. 하지만 비싼 돈
으로 계약했으니 성화는 울며 겨자 먹기로 비싼 가격에 구입
해야 할 것이다.

당연히 세계적인 유행이 지나서 가격이 싸진 알로에 덕분
에 더 싸게 팔기 시작하는 대룡 건강에 비하면 몇 배나 비싸
게 알로에 상품을 만들어 팔게 되는 것이다.

'그러면 그때는 못 버티는 거지.'

그리고 사실을 말하지 않았지만 그곳은 미래에 대형 리조
트 시설이 들어선다. 화전민들이 숲을 개간한 덕분에 개발비
가 확 떨어지면서 한국과 중국 등 아시아 사람들의 관광지로
각광받게 되면서 말이다.

그때는 엄청나게 비싼 땅이 될 것이다.

"치밀하군. 자네는 변호사가 아니라 사업을 해야 하는 거
아닌가?"

송정한은 혀를 내둘렀다. 소송도 아니고 협상 몇 번으로
성화의 주요 사업체 중 한 곳을 날려 버린 것이다.

"그건 제 취향이 아니라서요."

"하하하."

"그나저나 할 말 있다면서?"

이들이 이렇게 모인 것은 노형진이 모여 달라고 했기 때문이다. 그동안 구상하던 시스템이 완성되었다면서 말이다.

"네, 시스템이 완성되었습니다. 지난번에도 말했지만 우리 변호사 사무실은 다른 곳과 개념을 바꿔야 합니다. 우리에게 필요한 건 분업과 협업입니다. 그저 그런 다른 변호사 사무실과 같은 과정으로 하면 바뀌는 건 없습니다. 개개인이 아닌 집단의 힘을 이용하는 거죠."

"분업과 협업이라……."

누군가의 말. 그건 노형진이 한번 지난번에 말한 것이었다. 그때는 간단하게 지나갔지만 노형진은 이참에 제대로 말할 생각이었다.

"여러분들 각자에게는 전문 분야가 있습니다. 하지만 실상은 그렇지 않습니다. 일단 사건이 들어오면 아무거나 무조건 하고 있지요."

그 말에 고개를 끄덕거리는 사람들.

맞는 말이다. 일단 사건이 들어오면 그때 일이 없던 변호사가 담당이 되는데, 그렇게 되면 자신의 전문 분야가 아니라도 알아서 해야 한다.

이처럼 외부적으로 형사니 민사니 하고 전문 변호사인 것처럼 이야기하기는 하지만, 현재 실질적으로는 대부분의 변호사들이 자신의 전문과 다른 것도 들어오는 대로 하고 있었다.

"우리가 추구해야 하는 것은 의사와 같은 체계입니다. 물론 다른 곳에서는 그렇게 하지 못하겠지요. 하지만 우리는 그렇게 해야 합니다."

노형진은 자신의 목표인 동일한 법률 지원에 대해서 많은 고민을 했다.

아무리 잘 가르친다고 해도 자신과 같은 괴물급 변호사를 만드는 건 쉬운 일이 아니다. 더군다나 스스로도 알지만 자신이 그렇게 괴물급 변호사가 된 건 한국뿐만 아니라 전생의 미국에서 쌓은 경험들 때문이기도 하다. 그렇다고 모든 변호사들을 미국으로 보낼 수는 없지 않은가? 자신이 가르치는 것과 직접 배우는 건 천지차이이긴 하지만.

'질이 아니면 숫자다.'

그 와중에 노형진의 눈에 들어온 것은 의사들이었다. 의사들은 분업화되어 있다. 뇌 전문, 내장 전문, 심장 전문, 혈관 전문, 위장 전문 등등…….

그리고 그들은 필요하면 협업이라는 걸 통해 치료한다.

"의사들의 협업 시스템은 무척이나 효율적입니다. 사람이나 법률이나 그 대상은 복합적으로 연계되어 있습니다. 의사들은 그걸 알기에 서로 협업하여 치료합니다. 하지만 변호사들은 자신에게 배당된 사건만 처리하죠. 혼자서 말입니다. 현재 그런 협업 구조를 가지고 재판할 수 있는 사람들은 부자들뿐입니다."

사람들은 부자가 많은 돈을 활용하여 뇌물을 주거나 압력을 넣을 수 있으니 승률이 높다고 생각한다. 물론 그것도 맞는 말이다. 하지만 더 원론적인 이유는 그들은 분업화된 변호사들을 쓰기 때문이다.

각자 전문직으로 특화된 변호사들이 함께 하나의 사건을 진행한다. 그러니 이길 수밖에 없다.

"당장 강간 사건만 해도 상해와 재물 손괴, 납치, 감금 등 수많은 죄목들이 연계되어 있습니다. 하지만 일반적인 사람들은 그걸 다 적용할 수가 없죠."

돈 많은 자에게 변호사들 여럿이 달라붙었을 때 일반적인 사람들은 고작해야 한 명의 변호사와 계약한다. 따라서 그 변호사 혼자서 모든 법을 다 감안해야 하니 쉽지 않은 것이다.

"당장 어렵겠지만, 그렇게 전문화되면 체계적이고 빠르게 일을 진행할 수 있을 겁니다."

그 말에 고개를 끄덕거리는 사람들. 그도 그럴 것이, 혼자서 한다면 민형사상 수많은 법조문들을 찾아야 하기 때문에 사건 하나당 일주일은 잡아야 한다.

하지만 전문 변호사가 붙으면 하루 만에 해당 법조문이 나오고 이틀이면 동료 변호사들과의 협의가 끝난다.

"우리는 그렇게 분업화된 특화 전략으로 나가야 합니다."

"하지만 그건 필요한 변호사의 수가 너무 많아. 사건이 얼마나 들어올지도 모르는데 무작정 확장하는 건 좀 위험하지 않은가?"

송정한 변호사는 걱정스럽게 중얼거렸다. 확실히 그런 식으로 대량의 사건을 맡게 되면 빠르게 진행되지만 반대로 사건이 없으면 쓸데없이 노는 인력이 많아지게 된다.

"압니다. 그렇기 때문에 우리 로펌은 손님을 기다리는 게 아니라 손님을 찾아가는 형태로 운영해야 한다고 생각합니다."

"손님을 찾아간다? 누가 누구인 줄 알고?"

송정한은 고개를 갸웃했지만 노형진은 생각해 놓은 사람들이 있었다.

"사건이 없는 게 아니라 우리가 보려고 하지 않기 때문에 안 보이는 겁니다. 가장 대표적인 게 미혼모와 고아입니다."

그들은 법적인 보호를 못 받는다. 첫 번째 이유가 변호사를 선임할 돈이 없기 때문이며 두 번째가 그들을 색안경 끼고 보는 세상 때문이다.

"우리는 그들을 대상으로 후불제 변호 사업을 하면서 체계적으로 구조를 잡을 겁니다."

"그게 될까?"

"됩니다. 처음에는 혼란하고 어렵겠지만 1년에 1만에 달하는 미혼모 사건들이 생기고 있습니다. 사람들이 모를 뿐이지요. 아니, 관심도 없죠. 고아 문제도 그렇습니다. 사람들은 고아라고 하면 대부분 부모를 잃어버린 거라고 생각하지만,

실상 현대의 고아는 상당수가 부모가 이혼하면서 서로 양육을 포기해 법원의 명령으로 고아원에 들어가는 겁니다. 법적으로는 버린 부모들이 양육비를 내야 하지만 고아들은 변호사를 선임할 돈도, 지식도 없죠. 그렇게 버려지는 아이들 역시 한 해에 1만이 넘습니다."

사람들은 개개인이 다 다르다고 생각할지 몰라도 사건 대부분은 비슷비슷한 형태를 가지며 일부분만 다를 뿐이다.

한번 체계화된 형태로 확정되면 다음번에는 분석할 필요도 없이 전담 변호사가 판례 연구만 해도 충분히 변호가 가능하다.

'그렇다면 하루 한 개의 재판도 꿈은 아니야.'

미래에도 변호사는 사건이 들어오면 그걸 분석하고 판단하는 데에 시간을 써야 한다. 하지만 그렇게 체계화시킨다면 까다로운 몇 가지를 빼고는 대부분이 공평하면서도 아주 질이 좋은 법률 서비스를 받게 될 것이다.

"대단하군⋯⋯."

그 숫자만 해도 2만 개다. 더군다나 알려지지 않은 더 많은 사항들을 찾아다닌다면 얼마나 더 많은 사람들이 나올지 모르는 일.

"돈이 없어서, 법률적 지식이 없어서 자기의 권리를 포기해야 하는 사람들은 많습니다. 그러니 그들을 잡는다면 그 수는 엄청날 겁니다."

계산하던 변호사들은 입을 쩍 벌렸다. 맞는 말이기 때문이다.

"대단하군……. 그런 생각을 어떻게 한 거지?"

"그냥 생각한 겁니다."

"역시 자네는 변호사보다 사업을 했어야 했어."

송정한이 피식거렸지만 노형진은 사업은 절대 사절이었다.

"전 그냥 변호사나 하렵니다."

"그럼 나야 생큐지. 하하하."

그렇게 새론의 새로운 길이 만들어지기 시작했다.

이에는 이, 눈에는 눈

"아버지, 땅을 사죠."

"땅?"

노형진은 웃으면서 말을 꺼냈고 아버지는 고개를 갸웃했다.

"그게 무슨 소리냐, 땅을 사자니?"

"땅을 사죠, 우리도."

"난 땅 투기 안 좋아한다."

"알아요. 투기가 아니라 아버지 은퇴 후에 사실 만한 곳을
구입하자는 거죠."

"은퇴 후? 난 아직 멀쩡하다만?"

"에이, 그래도요. 멀리 봐야지요. 멀리."

"흠."

노형진의 뜬금없는 말에 아버지는 고개를 갸웃했지만 아예 부정하지는 않았다.

'확실히 주변에서 슬슬 은퇴 이야기가 나오고 있기는 하지.'

더군다나 자신은 은퇴하기에 유리한 조건이다. 장녀가 딱히 잘난 건 아니었지만 그녀에게 죽고 못 사는 남자가 있다는 건 알고 있었다. 모른 척해 주고 있지만.

'그러고 보니 그 녀석이 얼마 전에 사법시험 2차에 합격했다는 것 같던데.'

노형진이 난데없이 나타난 쓰레기 같은 전생의 매형을 기억 속에서 지우려고 슬쩍슬쩍 말을 흘리고 있는 상황이라 누구인지는 대충 감을 잡고 있었다.

'이 녀석도 문제는 없고.'

법률계에 관심이 없다고 하지만 아들이 천재라 불리며 새론에 몸담고 있으니 그에 대해서도 걱정은 거의 없다. 사실 그렇게 생각하면 좀 일찍 은퇴해도 상관은 없다.

"하지만 땅이라는 게 보기 쉬운 게 아니지 않느냐? 솔직히 돈도 없고."

"돈은 걱정 마세요. 저, 돈 많아요."

"네가 잘 버는 걸 알지만 그건 미래에 들어올 돈이지, 지금 있는 돈이 아니지 않느냐."

"아니에요. 저 지금 있습니다, 한 6억쯤."

그 말에 그의 아버지는 자신도 모르게 입을 쩍 벌렸다. 6

억이라니? 그 정도면 이 시대에는 엄청난 부자다. 보통 서울 아파트 가격이 2억 하는 시점이었으니까.

"어떻게 그 돈을 번 거야? 설마 너, 뇌물 받고 그런 거 아니지?"

"에이, 설마요. 그냥 투자한 게 대박 터졌어요."

노형진은 있는 돈 없는 돈을 닥닥 긁고 심지어 대출까지 받아서 만든 돈으로 투자한 영화가 대박이 나면서 대출을 갚고도 무려 6억이나 남은 것이다.

"〈전우의 길〉에 투자했거든요."

"〈전우의 길〉? 그 영화?"

"네."

"끙…… 그런 게 있으면 나도 좀 알려 주지."

"하하하, 예상이나 했겠나요."

1차 정산분이 그 정도니 그 후에 얼마나 들어올지 모른다.

"아버지도 돈이 좀 있잖아요. 그거랑 합쳐서 적당한 땅을 사죠."

"땅이라……."

"네."

"확실히 은퇴 준비를 하긴 해야지."

노형진의 아버지는 결심한 듯 고개를 끄덕거렸다.

"그럼 어디로 가야 할까? 시골은 너무 힘들고."

은퇴한다고 하지만 귀농하고 싶은 생각은 없는 아버지. 그런 아버지의 생각을 알기에 노형진은 미리 정해 놓은 장소를 이야기했다.

"판교로 가죠."

"판교?"

"네."

"거긴 왜? 애매한 것 같은데? 도시도 아니고 시골도 아니고."

"그래서 좋잖아요, 도시와 가까운데도 시골처럼 고즈넉하니."

"그럴지도……."

판교는 애매한 동네다. 바로 옆에 있는 분당이 재개발을 통해 엄청난 도시가 되면서 거의 모든 돈이 그쪽으로 쏠리는 바람에 아직 촌이나 다름없었던 것이다.

'그리고 판교 재개발 발표는 아직 나지 않았단 말이지.'

그래서 상대적으로 땅값이 싼 편이다. 하지만 그것 때문에 사려는 건 아니다. 분당 쪽에 출퇴근용 도로와 대중교통이 완성된 상태라 지리적으로 서울과 가깝고 전원생활이 가능하다 보니 삶의 만족도가 높다는 점을 착안한 것이 결정을 내리는 데에 더 큰 영향을 주었다.

'결정적으로 판교 테크노벨리가 있단 말이야.'

판교 테크노벨리는 사업을 하기 위한 계획도시로, 미래에는 회사들이 강남을 나와서 판교로 옮기는 바람에 강남 공실 비율을 몇 배로 뛰게 만드는 곳이기도 했다. 그게 확정되면 땅값이 못해도 열 배는 더 뛸 것이다.

이것이 법이다

"은퇴해서 살기는 제일 좋은 것 같은데요?"

"판교라……."

확실히 적당한 조건을 가진 곳이라는 생각에 그의 아버지는 고개를 끄덕거렸다.

"흠…… 하지만 그곳은 건물이 없잖느냐?"

"우리가 살 거니까 우리가 올려도 되죠."

"하긴…… 은퇴 후에 살 집이니 우리가 우리 취향에 맞게 짓는 것도 나쁘지 않겠구나. 그럼 구입해야 하나?"

"경매는 어떨까요?"

"경매?"

"네, 어차피 살 거면 싸게 사는 게 좋잖아요."

"그것도 방법이군."

아들의 말에 아버지는 고개를 끄덕거렸다. 확실히 그렇게 되면 돈을 많이 아낄 수 있다.

"그럼 내가 하도록 하마."

"아버지가요? 경매해 본 적 없으시잖아요?"

"해 봐야 알지."

"원하시면 해 보세요."

노형진은 미소를 지었다. 그동안 고생해 온 아버지에게 선물드리는 것이니 원하는 땅을 사게 해 드리는 것이 도리라고 생각했기 때문이다.

전원생활을 꿈꾸는 어머니와 도시인 타입의 아버지를 생

각하면 판교는 적당한 위치였다.

"이거 참…… 공부해야겠군. 허허허."

그래도 땅을 산다는 것이 기분 나쁘지는 않은 것인지 아버지는 너털웃음을 지었다. 그러나 그게 노형진의 실수였다.

마침 경매하기에 적당한 땅이 있었다. 대지도 넓고 무려 유찰이 아홉 번이 된 땅이었던 것이다. 유찰이란 경매에 실패한 경우를 뜻하며, 그 경우 다음 경매 때 20%를 깎는다. 가령 1억짜리 땅이 경매에 실패했다면 다음 경매에는 20%가 깎인 8천만 원이 되고 또 안 팔리면 거기서 20%가 깎인 6,400만 원이 되는 식이다. 따라서 아홉 번 유찰되면 일반적으로 원래 가격의 8분의 1 가격이 된다. 즉, 원래는 80억 짜리가 넘는 땅이라는 거다.

노형진은 그 소리를 듣고는 걱정이 앞섰다.

"그래서 2만 평이나 사신 거예요?"

아버지는 그 땅이 싸게 낙찰받은 거라고 했다. 그리고 그 얘기를 들은 노형진은 그제야 아차 싶었다. 땅이 아홉 번이나 유찰되었다는 것은 심각한 문제가 있다는 뜻이기 때문이다.

"그래, 싸길래 얼른 샀지. 허허허."

법률적인 과정을 모르는 아버지가 멋도 모르고 싸다는 이유로 냅다 사 버린 것이다. 그리고 그 소리를 들은 노형진은 머리가 지끈거렸다.

'아…… 내가 왜 이런 실수를 했지?'

한두 푼이 들어가는 것도 아니고 자신이 좀 확인했어야 했다. 그런데 아버지가 마냥 좋아한다고 방심한 것이 실수였다.

'아니야……. 그래…… 일단은 좋게 생각하자. 어차피 투자 개념으로 산 거니까.'

아버지가 은퇴하시려면 못해도 10년은 더 있어야 하지만 판교는 조금 있으면 재개발 결정이 날 곳이다. 그러니 그때 문제가 뭐든 비싼 가격에 팔아 버리면 그만이다.

'일단 뭐, 다시 팔 곳이니까.'

그곳을 안 팔 수는 없으니 아버지는 그 후에 다른 땅을 사면 된다. 그래서 노형진은 좋게 생각하기로 했다, 어차피 팔 땅이니 신경 끄자고.

"네?"

그런데 문제는 생각보다 크게 닥쳐왔다. 난데없이 원래 주인이라는 작자가 들이닥쳐서 깽판을 치고 갔단다.

"말이 안 통해."

"어느 정도예요?"

"1기당 200만을 달란다."

"미친 거 아닙니까?"

그곳 자리에 있는 무덤 330기. 그 주인이 이장비로 1기당 200만, 그러니까 6억 6천만 원을 달라는 헛소리를 하기 시작한 것이다. 땅값으로 노형진과 아버지가 돈을 합쳐서 준 돈이 10억인 점을 생각하면 터무니없는 말이었다.

"애초에 그럼 사업한다고 깝치질 말던가요. 갑자기 6억 6천만이라니."

"망한 것도 아냐. 사업은 멀쩡해."

그 말에 노형진은 고개를 갸웃했다.

'근데 왜 경매에 나온 거지?'

순간 이상하게 생각했지만 어찌 되었건 그냥 줄 수는 없는 노릇이다.

"그래도 그렇지, 6억 6천만이라니."

그 땅의 가격이 평당 10만 원도 안 되는데 어떤 미친놈이 1기당 200만 원을 주고 옮기겠는가?

"일부만 치우라고 하죠."

"안 돼. 그쪽에서는 한꺼번에 하든가, 아니면 안 하든가야."

아버지는 적당한 자리에 집을 지으려고 했는데 그런 곳마다 무덤이 있단다.

"더군다나 한쪽만 치운다고 해도 무덤이 다 보이는데 기분 나빠서 살 수나 있겠니?"

"2만 평이라면서요? 다른 곳에 올리죠?"

"나도 그 생각은 해 봤는데 마땅한 자리가 없어. 워낙 여기저기 분묘가 많아서 뭘 해도 막혀. 아예 안쪽에는 자리가 있는데 거기는 접근이 쉽지 않고."

다른 곳은 들어가는 길이 마땅치 않았다. 만일 다른 곳에 올리려면 따로 길을 뚫어야 하는데 그건 이장비보다 더 들게 생겼다. 더군다나 너무 사람들과 동떨어진 공간에 있어도 문제이기 때문에 마을과 어느 정도 가까이에 있어야 한다는 것.

"문제는 그뿐만이 아니야. 거기서 농사를 짓던 사람들도 와서 깽판을 치더구나."

"깽판이라니요?"

"낙찰되고 나서 갑자기 동네 사람들이 우르르 몰려오더니 돈을 내놓으라고 난리를 피우더라. 그 땅에 있는 농작물은 자기네 거라고 말이야. 그러고는 우리가 쓴다니까 다짜고짜 배상금을 요구하고 있어."

"이런……."

노형진은 당했다고 생각했다. 그런 경우가 많기 때문이다. 일단 뭐 하나 생기거나 거래가 이루어졌다고 하면 우르르 몰려와서 깽판을 치면서 배상금을 요구하는 것이다.

"어쩐지 그 좋은 땅이 아홉 번이나 유찰된 게 이상하다 싶었는데."

알고 보니 워낙 땅이 크다 보니 땅을 사러 온 사람들이 확인차 한 번씩 들렀는데 그때마다 그 동네 사람들이 그 사람들에게 깽판을 쳐서 쫓아냈단다.

"아마도 유찰된 다음에 자식이나 누가 빼돌린 돈으로 사려고 했겠군요."

보아하니 무슨 작전이 있었던 것 같은데 그곳에 자신이 끼어든 것 같았다. 그러니 저런 말도 안 되는 주장을 하는 것이고 말이다.

"그런데 바로 직전에 우리가 끼어든 거군요."

"그래."

재산을 빼돌릴 준비를 다 하고 이제 넘기는 일만 남았는데 난데없이 노형진의 아버지가 끼어들어서 땅을 구입해 버린 것이다.

"원가에 다시 팔라는 소리는 안 해요?"

"안 했겠니? 거절하니까 저 지랄을 하기 시작한 거야."

"끙……."

보아하니 사업이 망한 것도 아닌데 경매에 나온 걸 보니 재산을 빼돌릴 준비를 하고 있는 것이 분명했다.

"어쩌지?"

상대방이 한 명도 아니고 온 동네가 한꺼번에 달려들어서 물어뜯으려고 하니 돌아 버릴 지경이었다. 하루에도 수십 번씩 전화해 대서 아버지가 전화기를 꺼 놓을 정도였다.

"보아하니 쉽게 포기할 생각이 없는 모양이야."

'그렇겠지요.'

하긴, 사업을 크게 하던 인간이라고 하니 그 정도 정보력은 있을 것이다. 그렇다면 그곳이 재개발할 거라는 이야기도 들었을 수도 있다. 그래서 빼돌릴 준비를 하고 있던 모양인데 자신들이 끼어든 것이리라.

"어쩔까? 그냥 다시 팔까?"

쥐고 있으면 확실히 돈이 되는 곳이다. 하지만 하는 꼴을 보아하니 쉬운 일이 아닌 듯하다.

"더군다나 한 사람도 아니고 온 동네 사람들이 달려드는 걸 보니 내가 속이 아주 시커멓게 타는 기분이다."

아버지는 입맛을 다셨다. 어쩐지 너무 조건이 좋아서 싸게 샀다고 좋아했는데 말이다. 하지만 노형진은 절대 반대를 외쳤다.

"그러면 안 됩니다. 애초에 자기들이 함정을 파고 자기들이 빠져 놓고 무슨 짓입니까? 우리나라 법이 무슨 도떼기시장이에요, 생떼를 부린다고 환불해 주게?"

"그럼 방법이 있는 거냐? 한 사람도 아니고 한 마을에서 저러는데?"

한 마을에 못해도 수백 명은 될 사람들이다. 그런데 그들과 싸우다니?

"원래 법으로 싸우려면 상대방이 숫자가 어찌 되었건 싸워야 합니다. 상대방이 숫자가 많아서 피하고 대기업이라서 피한다면 약하고 만만한 사람들만 피해를 보기 마련입니다."

"끄응……."

맞는 말이다. 저들이 하는 행동은 법적으로도 문제가 있는 행동이다.

"그럼 어쩌려고? 저쪽은 분묘기지권인지 뭔지랑 농작물 문제를 들고 나오더구나."

그렇다면 우리 쪽이 사용하지 못하게 끊임없이 괴롭힐 게 뻔하다.

"일단 이야기해 보죠. 해 보고 안 되면 싸워야지요, 뭐."

"아, 시끄럽고, 돈 내놓으라고!"

버럭버럭 소리를 지르는 사람들. 그들은 마을의 주민이었다.

"한 그루당 200만 원씩!"

"그런 게 어디 있습니까?"

"어디 있기는 어디 있어? 여기 있지. 미래의 기대 수익을 배상해야 하는 거 아냐? 어허, 변호사라는 인간이 그것도 모른단 말이야? 이거, 무슨 변호사가 왜 이리 무능해?"

이장이라는 사람은 틱틱거리면서 말했다. 땅에 심어 둔 나무의 배상금을 달라는 건데 그게 기가 막혔다.

'아주 작정했네, 썅.'

저들이 이야기하는 건 간단하다. 거기에 심어 둔 과일나무의 기대 수익, 즉 미래에 벌 수 있는 돈에 대해서 배상하라는 것이다. 문제는 아무리 봐도 나무가 어리다는 것.

즉, 경매에 들어가기 직전에 누군가에게서 돈을 뜯어내기 위해 부랴부랴 심어 둔 것이다.

"묘목값하고 인건비를 드릴 테니……."

"아, 필요 없고 한 그루당 200만 원씩 내놓으라니까."

'기가 막히군, 땅값보다 더 달라고 하다니.'

지금 저들은 법적인 허점을 이용해서 땅값보다 더 비싼 돈을 달라고 하고 있는 것이다.

'보아하니 누군가 도와준 거군.'

한해살이도 아닌 과일나무를 심어 놓은 것도 그렇고 일반적으로 농민들이 모르는 법적인 정보를 아는 것도 그렇고, 누군가 뒤에서 조종하고 있을 가능성이 높았다.

'아니, 애초에 원래 주인이라는 작자가 하는 짓도 그렇고.'

회사는 멀쩡한데 2만 평이 넘는 땅이 경매에 나온다는 것은 상식적으로 말이 안 된다. 즉, 누군가가 뒤에서 조종하고 있다는 소리였다.

"우리는 한 그루당 200만 원씩 줄 때까지 나무는 절대 못 빼니까 그렇게 알고 있어."

선을 딱 긋고 가 버리는 사람들.

"말이 안 통하네, 진짜."

노형진은 고개를 절레절레 흔들었다. 보아하니 저들은 이야기하러 온 게 아니었다.

"그러네요."

함께 온 송정한은 눈을 찌푸렸다.

"이상하지 않습니까? 갑자기 과일나무를 심는다? 그건 말도 안 되죠."

"그럼?"

"누가 장난치고 있는 게 분명해요."

노형진의 기억 속에 이런 사건은 없다. 사실 지금쯤이면 회귀 전에는 땅은커녕 군대에서 박박 기고 있을 시점이니 모르는 게 당연한 일.

"일단은…… 좀 알아봐야겠습니다."

노형진은 심각한 얼굴로 말을 꺼냈다. 그리고 며칠 뒤 정보원으로 일하는 고문학이 가지고 온 정보는 생각보다 컸다.

"청계?"

"그렇습니다."

"어쩐지……."

"개새끼들 같으니라고."

노형진은 고개를 끄덕거렸고 송정한은 어이가 없는지 욕부터 했다.

"보아하니 노 변호사님을 노린 건 아니고 정부를 노린 것 같습니다."

"정부?"

"네, 소문 들으셨잖습니까?"

"아아."

한 번에 이해가 가는 송정한이었다. 요 근래 갑자기 그쪽을 개발한다는 이야기가 나오고 있었던 것이다.

"그런데 왜 경매에 넘긴 거야?"

"상속세를 피하는 게 목적이라고 하더군요."

"상속세라……."

만일 저 땅이 개발에 들어가게 된다면 못해도 몇백억 원대의 재산이 된다. 그리고 그걸 아들에게 넘긴다면 어마어마한 세금을 내야 한다.

"그러니까 경매로 아들에게 넘겨서 세금을 포탈하고 그 부족분은 분묘와 나무로 배상을 청구한다?"

"네."

재개발에 들어가게 되면 정부에서는 땅뿐만 아니라 그곳에 있는 무덤이나 과일나무에 대한 보상도 해 줘야 한다. 경매했을 때 내야 하는 세금은 생각보다 적다. 손실로 보기 때문이다.

그런데 왕창 심어 놓은 나무들로 인해 그 배상금만으로도 상당한 금액이 나올 테니, 결과적으로 원래 주인은 아들에게 별 손실 없이 재산을 넘겨주고 더불어 정부에서 막대한 돈까지 받게 되는 것이다.

"끝내주는군."

변호사들이나 세무사들은 말한다, 탈세가 아니라 절세라고.

'내가 욕할 건 아니지만.'

노형진은 고개를 흔들었다. 자신도 군대에 있을 때 어떤 장교의 편의를 봐주기는 했다. 그러나 그건 세금을 안 내는 정도였던 거지, 사기를 통해서 돈을 받아 낸 것은 아니었다.

"어쩐다?"

다른 곳도 아니고 청계가 상대다. 더군다나 이 정도라면 청계에게 못해도 10억 이상은 준 큰 건수일 가능성이 높다.

"청계라니 부담스럽군……."

심지어 남상주 변호사 역시 그렇게 중얼거렸다. 청계는 법을 이용해서 범죄 행위를 도와주고 돈을 받는 곳이다.

물론 과거에 청계와 부딪친 적은 있다. 하지만 그때는 노형진이 이곳에 속하지 않았을 뿐만 아니라 상대적으로 그 금액이 얼마 되지 않는 사건이었다. 그러나 이번은 그렇지 않다. 금액도 크고 현재 진행 중인 사건이다.

"노 변호사, 어떻게 생각해? 청계에서 손을 털까?"

"그럴 리가 없습니다. 돈을 위해서라면 부모라도 팔아 버릴 녀석들이 청계 놈들인데 손을 뗄 리가 없죠."

"끄응, 노 변호사도 힘들겠구만. 왜 노 변호사는 가는 곳마다 그놈들과 부딪치는 건지……. 이제 와서 포기할 수도 없고."

"법적으로는 저 녀석들이 맞습니다. 저 나무도 주민들이 심지 않았을 게 뻔하지만 저들이 심었다고 주장하면 법적으로 증명하는 게 쉽지 않을 테구요. 무덤도 마찬가지일 겁니다."

그렇게 말한 노형진은 혀를 끌끌 찰 수밖에 없었다.

'하긴…… 회귀 전에도 청계 녀석들이 문제였지.'

가진 자들이 주로 이용하면서 점점 커진 그들은 나중에 대법관 출신을 영입하여 실질적으로 법을 주물럭거리기 시작했다.

더군다나 그들은 소위 윗선이라고 불리는 사람들의 약점을 쥐고 있었기 때문에 오죽하면 대한민국은 청계가 지배한다는 말까지 나올 정도였다. 실제로 청계에 로비를 부탁하면 어지간한 경우 대부분 통과되었고, 그렇게 청계는 점점 커져 갔다.

'그러고 보니…… 그때도 상대방은 청계였잖아?'

자신이 죽었던 그 사건 당시 상대방, 즉 두한의 변호는 청계가 하고 있었다.

'그러고 보니…….'

자신을 죽인 그 인간의 마지막 말이 꺼림칙했다. 그는 분명 그렇게 말했다, '각하를 지킨다.'라고. 하지만 당시 소송 대상은 두한이었지, 대통령이 아니었다. 즉, 대통령의 사돈일지언정 대통령이 위험하게 될 사건은 아니었던 것이다.

'설마…….'

찝찝해지는 기분. '혹시나.' 하는 생각이 들었지만 노형진은 고개를 흔들었다. 그건 이제 알 수 없는 일이니까.

"이제는 물러날 수도 없어요. 제가 물러나면 아예 공짜로 먹으려고 덤빌걸요?"

노형진의 말에 씁쓸한 얼굴이 되는 사람들.

"하지만 이건 자네 개인 땅이지 않나? 우리가 도와줄 수야 있겠지만 청계라니 좀 거북스럽군."

"뭐, 그건 걱정하지 마세요, 제가 알아서 할 테니."

"알아서 한다고?"

"네."

어차피 청계에서 작전을 쓴다고 한들 자신 역시 안 하는 것일 뿐, 못 하는 것은 아니다.

"제 문제이니 제가 알아서 하지요. 그냥 도와줄 사람 한 명만 보내 주세요."

노형진은 상대방이 누구든 뒤로 물러날 생각이 없었다.

"여기란 말이지?"

"여기에 와야 해요?"

무덤 가까이 다가가자 왠지 으슥한 기분이 드는 건지 이은 영 변호사가 조심스럽게 물었다. 하긴 오밤중에 무덤 근처로 가는 게 기분 좋을 리가 없다.

"확실하게 하고 가야 할 게 있어서요."

"확실하게라니요?"

"그렇지 않습니까? 다른 것도 아니고 제 개인 사건인데 거기서 지면 무슨 망신이에요?"

지난번에 왔을 때 노형진은 무덤을 보고 고개를 갸웃했다.

다들 무덤이라는 존재를 곧이곧대로 생각했는데 자신이 보기엔 아무리 봐도 이상했기 때문이다.

"봉분이 있긴 한데 말이지요."

노형진이 봤을 때 무덤은 무척 허술한 상태였다. 일견 오래되어 보이도록 만들어졌다. 여기저기 무너지고 죽어 가는 잔디도 있고 말이다.

"뭐가 이상해요? 척 봐도 관리를 하지 않아서 여기저기 무너진 것 같은데."

죽어 가는 잔디. 그리고 여기저기 무너진 봉분. 누가 봐도 오래된 무덤의 흔적이 여기저기 보였다.

"그래서 이상한 겁니다."

"뭐가요?"

"혹시 성묘 같은 거 안 해 보셨습니까? 주변을 보세요, 이 주변에만 있는 이상한 게 없는지."

그 말에 주변을 둘러보는 이은영. 하지만 아무리 둘러봐도 이상한 차이점은 느낄 수가 없었다.

"도무지……."

"아마 그래서 그쪽도 같은 실수를 한 걸 겁니다. 경험이 없으니 자기가 모르는 거겠지요."

"네?"

노형진은 무너진 봉분으로 올라갔다. 그러고는 주변을 둘러봤다.

"저…… 저기."

남의 무덤 봉분위에 올라가서 둘러보는 노형진을 보고 깜짝 놀라는 이은영.

"저기, 그러면……."

"아, 걱정 마세요. 무너트리려는 건 아니니까."

내려온 노형진은 다시 무덤 앞에 서서 그걸 바라보았다.

"도대체 뭐가 이상하다는 거죠?"

"여기는 관리되지 않은 오래된 무덤입니다. 그렇지요?"

"네."

"근데 잡초는 어디 있습니까?"

"네?"

순간 의도를 이해하지 못한 이은영.

"잡초 말입니다. 주변을 보세요. 여기저기에 잡초가 무성합니다. 아예 잡초가 없다면 씨앗도 날아오지 못하는 아주 특이한 곳이라고 이해할 수도 있겠지만, 이 부근은 잡초투성이입니다. 그런데 딱 이 무덤 주위에만 잡초가 없지 않습니까?"

"아!"

그제야 이은영은 잔디가 아닌 다른 풀들의 존재를 알 수 있었다.

"잡초는 엄청나게 잘 자랍니다. 달리 잡초같이 질긴 목숨이라는 말이 나오는 게 아닙니다. 그런데 이 주변만 잡초가 없습니다. 이상하지 않나요?"

"그거야 잘 관리하면……."

"이 무덤이 관리되고 있는 놈으로 보입니까?"

확실히 이 무덤은 관리된 게 아닌 오래된 무덤이다. 문제는 그게 이상하다는 거다. 관리되지 않는 오래된 무덤에만 잡초가 없다? 그건 말도 안 된다.

'내가 얼마나 오랫동안 무덤을 관리했는데.'

누나가 일본에서 아이들과 죽고 난 후 시체도 찾지 못했다. 그래서 노형진은 박살이 난 누나의 집에서 유품을 가져다가 장례를 치러야 했다.

그 후 힘들 때마다 그곳에서 술 한잔하며 푸념을 떠는 것이 그의 습관 중 하나가 되었다. 그리고 그곳에 갈 때마다 가장 먼저 해야 하는 일 중 하나가 바로 잡초 제거였다.

"하지만 저희 집은 성묘를 가도 잡초가 안 보이던데요?"

"당연하죠. 성묘를 가는 곳이 공원묘지죠?"

"네."

"성묘할 때가 되면 공원묘지 측에서 사람을 고용해서 제초기로 풀들을 싹 정리합니다. 그래서 성묘철에는 깨끗하게 보이지요."

하지만 일반적인 때에 가면 잡초가 무성하다. 그렇기에 잡초는 묘지에서 무척이나 골칫덩어리인 존재라고 할 수 있다.

"정성으로 모시는 분들은 한 달에 한 번씩 조상님 산소에 가셔서 잡초 제거 작업을 합니다. 그런데 그런 정성으로 관리했다고 보기에는 여기 무덤이 너무 허술하지 않나요?"

"그러네요."

여기저기 무너진 봉분. 그리고 죽어 버린 잔디. 일견 오래된 무덤같이 보이기는 한다.

"그리고 위치도 이상합니다."

"이상해요?"

"네, 330기나 되는 분묘가 2만 평 전역에 있더군요."

노형진은 주머니에서 지도를 꺼내서 그걸 펼쳤다. 거기에는 여기저기 붉은색 동그라미와 함께 작게는 다섯 개, 크게는 열 개가 넘는 숫자들이 적혀 있었다.

"분묘의 숫자는 330기. 그런데 위치는 대략 쉰 개입니다. 주로 도로와 근접해서 개발하기 쉬운 곳에 있지요."

"그래서요?"

"그 덕분에 무려 아홉 번이나 유찰된 겁니다. 이런 땅은 개발하기 더럽거든요."

"근데 뭐가 이상하다는 거죠? 분묘야 당연히 접근하기 쉬운 데에 만들겠죠?"

"그거야 그렇지만 330기 정도의 분묘라면 개인 무덤은 아닐 테고 종중이나 한 가문의 무덤일 텐데 그게 2만 평이나 되는 대지에 사방에 퍼져 있다는 게 이해됩니까? 선산이라는 말, 안 들어 보셨나요?"

"아!"

선산. 즉, 가문의 어른들이 돌아가시면 장례를 치르는 일종의 가문의 공동묘지다. 그리고 보통 그런 곳은 한곳에 있기 마련이다. 풍수적으로 지리가 좋은 곳을 이용하자는 의미도 있거니와 그래야 관리가 쉽기 때문이다.

　"이런 식이면 사방으로 성묘하러 가야 하는데 그러면 의미가 없죠."

　"하지만…… 가족이 다르잖아요? 그럼 관리 책임도 다른 사람이 지는 거 아닌가요?"

　"그러니까 하는 말입니다. 분묘가 330기면 상식적으로 같은 가문이라 해도 다른 가정의 분묘도 속해 있는 것이니 관리 책임은 땅의 원래 주인한테 없습니다. 그런 경우에는 분묘의 자식이 관리하니까요. 그런데 땅 주인이 다 철거하든가 안 하든가 하라고 했잖습니까? 그럼 자기가 관리 책임자라는 건데 이해가 가십니까?"

　"확실히 이상하네요."

　무덤의 위치도 그렇고 합의 과정도 그렇고, 어딘가 이상한 일이었다.

　"아마도 저 무덤들은 가짜 분묘일 겁니다."

　"가짜?"

　"네, 나무와 마찬가지로 재개발을 시작하려면 분묘에 대해서도 이장비를 줘야 합니다. 그러니 막대한 수익을 만들어 낼 수도 있죠. 그리고 일반적으로 분묘 1기당 4평이니 330기

면 1,320평이 됩니다. 그런데 제사를 지내야 하는 공간도 확
보해 줘야 하니 다 합치면 2천 평 정도 될 겁니다. 더군다나
위치를 보세요. 절묘하게 주요 지점을 선점하고 있습니다.
이래서야 누가 산다고 한들 일단 2천 평을 포기해야 하는 데
다가 실질적으로 여기저기 있는 분묘들 때문에 뭔가 개발하
는 것도 불가능할 겁니다."

"아!"

"이러면 여러모로 대비가 되죠."

일단 개발이 시작되면 그 무덤에 대한 이장비를 요구할 수
있을 뿐만 아니라 이런 조건으로 사방에 무덤이 있는 땅은
누구도 사고 싶어 하지 않을 것이다.

"단순히 마을 사람들이 깽판을 친다고 이 탐나는 땅을 포
기하는 사람은 없을 겁니다. 그럼에도 새로운 주인이 안 나
타났다는 건 이 무덤이 골 때리는 놈이라는 거죠."

당장 땅을 거래할 때 무덤이 두어 개만 있어도 가치가 확
떨어진다. 뭘 만들든 치워야 하는 데다가 안 치우고 만든다
해도 무덤이 그곳에 있으면 찝찝할 텐데, 그곳에 누가 들어
오겠는가?

"그걸 어떻게 아신 거예요?"

"그냥 청계가 끼어들었다는 말에 문득 생각난 겁니다. 분
묘기지권만큼 골치 아픈 것도 없거든요."

분묘기지권이란 땅에 분묘가 있는 경우 그 땅을 새로 매입

한 사람은 그 분묘, 즉 무덤을 없앨 수 없다는 법률이다.

"아무리 청계라고 할지라도 땅을 경매로 주고받는 위험한 도박은 하기 힘듭니다. 그럼 누군가 땅을 사지 못하도록 하는 수밖에 없죠. 분묘기지권에 농작물의 소유권까지 생각하면 바보가 아닌 이상 이런 땅은 안 삽니다. 그러니까 아홉 번이나 유찰하면서 가격이 폭락한 거죠."

그러나 그걸 모르는 노형진의 아버지는 아무런 생각 없이 싸다는 이유 하나만으로 냉큼 사 버린 것이다.

"그렇군요."

이은영은 새삼스럽다는 시선으로 주변을 둘러보았다. 그런 규정이 있다는 건 배우기야 했지만 설마 이런 식으로 적용될 거라고는 생각하지 못했다.

"그런데 가짜인 걸 확신하시나 봐요?"

"네."

"어떻게요?"

"그냥요."

"그냥?"

물론 근거가 없는 것이 아니다.

노형진은 무덤들을 돌아다니면서 일일이 기억을 읽어 냈다. 혹시라도 원래 무덤을 관리하는 사람이 따로 있다면 거래를 통해 이전시키기 위해서다.

'그런데 아무것도 없단 말이지.'

부모를, 형제를 잃어버리면 엄청난 충격과 심리적 고통이 따르기 마련이다. 그런 기억은 인간이라면 피할 수 없는 것이다.

'그런데 저 무덤들에서는 아무런 느낌도 없어.'

당연히 무덤이라면 그런 사람들의 감정과 고통이 전해져야 한다. 그런데 아무것도 없었다. 읽히는 것이라고는 일하는 사람들의 투덜거림뿐. 물론 그걸 증거로 내세울 수는 없지만.

'그리고 아무리 생각 없는 일꾼이라고 해도 고인과 유가족 앞에서 그런 쌍소리를 하면서 일하지는 않지.'

기억 속에서 일하는 일꾼들은 끊임없이 투덜거리면서 일하고 있었다. 유가족이 빤히 보고 있는데 그럴 놈은 없다.

즉, 그들이 일할 때 이곳에 유가족이 없었다는 건데, 상식적으로 무덤을 새로 만들든 이장을 하든 작업할 때 유가족이 없을 수는 없다.

'그리고 일꾼들의 얼굴이 똑같아 보였단 말이지?'

몇 개의 산소들을 확인한 결과, 일하는 일꾼들의 얼굴이 겹쳐 보였다. 그 말인즉슨, 이 무덤을 만들 때 같은 일꾼들이 한 번에 여러 개를 만들었다는 건데 대규모 이장이 아닌 이상에야 그럴 리가 없다. 삼백서른 명이나 되는 사람이 한꺼번에 죽으면 세상이 발칵 뒤집힐 테니까.

설사 대규모 이장을 한 거라 할지라도 흩어진 분묘를 모으는 작업을 하지, 분묘를 여기저기로 흩어 버리는 작업은 하지 않는다.

"근데 그걸 어떻게 증명하죠?"

"그게 문제군요."

가짜 무덤인 걸 확신하고 있지만 그렇다고 직접 무덤을 파헤칠 수는 없다. 그건 불법이고, 불법으로 취득한 정보는 법원에서 인정받지 못하기 때문이다. 아니, 도리어 자신들이 처벌받고 손해배상을 해야 한다.

'더군다나 저쪽에서 가묘라고 해 버리면 대책이 없지.'

실제로 가묘를 쓰는 사람도 많다. 가묘, 즉 가짜 무덤을 만들어 두면 오래 산다는 속설이 있기 때문이다.

따라서 몇 개 팠는데 그걸 가묘라고 해 버리면 대책이 없다. 하지만 그렇다고 330기를 몽땅 파낼 수도 없다.

"설사 그렇다고 해도 저 마을 사람들이 문제잖아요."

"그렇지요."

과일나무의 숫자는 무려 2천 그루. 상식적으로 과수원을 하기에는 너무 조밀한 식생이다. 더군다나 저들의 주장대로 말하면 40억이나 되는 돈이라는 건데 이곳의 땅값이 10억이 안 된다.

'이런 식이니 유찰될 수밖에.'

청계가 확실히 똑똑하기는 하다. 물론 이런 비리는 걸릴 가능성이 높다. 그러나 청계에서 관리하는 사람을 통해서 압력을 한번 넣으면 그것도 해결될 가능성이 높다.

"어쩌죠?"

"일단…… 분묘 쪽에 대해서는 해결책이 있습니다."

"있다구요?"

"네."

물론 확실한 건 아니다. 하지만 일단 해결책이 있기는 하다. 시도는 해 봐야 한다. 남은 것은 바로 과실수들.

"저걸 먼저 해결해야겠네요."

"이름을 빌려 달라?"

유민택은 노형진의 부탁에 고개를 갸웃했다.

"네."

"누굴 압박할 사람이 있나, 법적으로 무리해서라도?"

"그게 아닙니다. 핑계가 필요해서요."

"핑계?"

"네, 저쪽에서 꼼수를 쓰는데 그게……."

설명을 듣고는 유민택은 헛웃음이 나왔다.

"허허, 그런 짓을 한단 말이야?"

"네."

"그런데 이름을 빌려주는 거랑 그게 무슨 상관인데?"

"저쪽에서 법적인 꼼수를 이용해서 우리한테 덤빈다면 우리 역시 같은 방법으로 해결하는 수밖에 없습니다. 이런 사건은 법원에 가지고 가 봐야 유리할 게 하나도 없으니까요."

"하긴 그렇지."

청계가 아니랄까 봐 확실하게 법적인 방어를 해 놨다. 당연히 법원에 제소해 봐야 명확한 증거가 없이 고소하는 꼴밖에 안 된다.

"그렇다면 법적으로 해결해야지요."

"그래서 명의를 빌려 달라는 건가?"

"네."

"허허, 참."

유민택은 헛웃음이 나왔다. 다른 사람도 아니고 대룡그룹의 회장인 자신에게 고작 이름만 빌려 달라니.

"뭐, 어려운 부탁은 아니군. 자네가 우리에게 해 준 게 있으니 말이야."

아슬아슬하게 밀리고 있던 싸움이 확실하게 대룡 쪽으로 넘어온 것을 그는 느끼고 있었다. 알로에 농장을 빼앗은 것이 그들에게 생각보다 큰 타격을 주고 있었던 것이다.

"뭐, 회장님이 잘하신 거죠."

"아닐세. 자네가 아니었다면 선점할 생각이나 했겠는가?"

미래가 알로에 농장 건을 순순히 넘긴 건 상대적으로 다른 기업보다 싸기 때문이다. 그 덕분에 김화자가 운영하는 성화 건강식품은 치명적일 정도로 타격을 입었다.

"자네들이 청계에 한 방 먹인다면 우리에게도 좋은 거지."

"그 말이 사실인가 보군요."

"자네도 아나?"

"네, 얼마 전에 들었습니다. 청계가 성화와 계약하고 본격적으로 전면에 나서기로 했다고."

"그렇지. 이제 전면전이야."

그동안 성화와 대룡은 서로를 견제하면서 시장 싸움을 하고 있었다. 아무리 거대 기업이지만 바로 전면전을 할 수는 없기 때문이다.

아니, 거대 기업이기에 전면전으로 들어가는 게 쉽지 않았다. 정부에서도 어떻게 해서든 화해시키려고 윽박도 지르고 설득도 해 봤다. 둘 중 하나만 무너져도 경제가 휘청거릴 게 뻔하니까.

하지만 그러기에는 원한이 너무 깊었다.

"성화가 나섰으니 자네들이 좀 더 나서 줘야 할 일이 많아질 걸세."

"끄응…… 부담 주지 마십시오."

"부담이라니. 자네들이 요즘 법률계 쪽에서 얼마나 성장했는지 모르는 사람도 있던가?"

"하하하……."

"하여간 명의는 빌려주겠네. 문제가 있으면 내 적극적으로 나서 주지."

"걱정하지 마십시오. 그럴 일은 없을 테니까요."

⚖️

이장을 비롯한 마을 사람들은 황급하게 마을 회관으로 향했다. 지금 벌어진 최악의 사태를 해결하기 위해서였다.

"무슨 일입니까? 차가 들어오지 못한다니?"

아무래도 개발이 덜된 지역인지라 길이 많은 것도 아니다. 그런데 방금 전 들은 이야기에 따르면 차들이 이 마을에 들어올 방법이 없다고 한다.

"입구를 틀어막았답니다."

"말이 됩니까? 어떻게 마을 입구를 틀어막아요?"

"맞습니다! 도대체 누가 이런 짓을 한 겁니까?"

버럭 화내는 마을 사람들.

"그 대룡이라고 하던가? 하여간 그렇더군요."

"대룡? 그 회사가 왜요?"

대룡은 거대 그룹이다. 그러니 입구를 막을 이유는 없다.

"그곳에서 무슨 수로 길을 막아요?"

"그게…… 길을 사서……."

"길을 샀다?"

"네, 마을로 들어오는 길 중에 사유지가 있답니다."

"그게 무슨 소리입니까?"

"마을로 들어오는 길의 상당 부분이 사유지로 되어 있답니다."

이게 무슨 소리냐 하면 우리나라는 땅을 팔 때 따로 길을 빼고 팔지 않는다. 그렇다 보니 길 역시 엄밀하게 말하면 누군가의 땅이다.

문제는 그렇게 만들어진 땅은 쓰지도 못하고 팔지도 못하는 계륵 같은 존재라는 것이다. 당연하게도 주인으로서는 미치고 환장할 노릇이다. 그런데 노형진은 그런 곳을 구입한 것이다.

"그게 말이나 되는 소리입니까!"

버럭 화내는 사람들.

"가서 따집시다!"

이 마을로 들어오는 도로는 고작 두 개뿐이다. 그나마 하나는 고속도로에서 내려오는 길이라 그 길을 쓰기 위해서는 고속도로로 올라가서 무려 35킬로미터를 빙 돌아야 한다. 당연히 톨게이트비도 내야 한다.

"따지러 갑시다!"

우르르 몰려가는 사람들. 그들이 도착한 곳은 마을 입구의 도로였다. 그런데 그곳에 생긴 것은 다름 아닌 연구소.

"뭐…… 뭐야?"

"무슨 일입니까?"

"여기 길을 막았다고 해서 왔습니다. 이 뒤가 사람들이 사는 곳인데 왜 길을 막은 겁니까?"

"우리 연구소에서 자동 주행 실험실을 만든 것입니다만?"

대룡의 이름을 빌린 노형진은 그들의 이름으로 그곳을 임대하는 형식을 빌렸고 그 결과, 마을 입구에는 떡하니 연구소가 생긴 것이다.

"그럼 우리는 어떻게 다니라고?"

"재주껏 다니세요."

"뭐라고요?"

"길을 만드시면 되는 거 아닙니까?"

"그런 말도 안 되는!"

"안 될 건 없죠."

그 순간 노형진이 그들의 등 뒤에서 튀어나왔다.

"네놈은!"

"말조심하십시오. 저, 변호사입니다. 모욕죄로 한번 고소당해 봐야 정신 차리시겠습니까?"

그 말에 마을 사람들은 입을 다물었다. 자신들이 처벌받는 것은 원하지 않기 때문이다.

"도대체 왜 이렇게 입구를 막은 겁니까?"

"입구를 막다니요. 무슨 큰일 날 말씀을 하십니까? 우리는 그저 연구소를 세운 것뿐입니다."

"그게 뭐가 달라요!"

"아주 많이 다르지요. 우리가 우리 땅에 대한 사용권을 포기한 건 아니니까요."

"그게 무슨 소리요!"

그 말에 노형진이 피식 웃었다.

"이 땅을 우리가 어떻게 쓰든 그건 우리 마음이라는 거죠."

현행법상 통로를 막아 버리는 건 불법이다.

하지만 자신들이 사용하는 대지에 통로가 있다면 대책이 없다. 목적이 있어 막는 것이기에 아무리 법원이라고 해도 사용권을 박탈할 수는 없기 때문이다.

'사용하지 않고 막으면 문제겠지만 사용하면서 막으면 대책이 없지.'

그걸 위해서 노형진은 대룡의 이름을 빌려서 연구소를 세운 것이다. 공식적으로 이 땅은 노형진의 땅이지만 그 땅을 빌린 사람은 대룡이었다.

"그럼 우리는 어떻게 다니고!"

"저기 길 있잖습니까?"

노형진이 가리킨 것은 작은 제방 길이었다. 사람은 다닐 수 있지만 차는 다닐 수 없는 곳.

"현행법상 통로는 사람이 다닐 수 있는 길만 있으면 된다고 되어 있지요. 그러니 차까지 다니라는 법은 없습니다."

워낙 오래된 법이다 보니 고쳐지지 않은 법들이 있는데, 이 법 역시 그중 하나다. 먼 미래에도 고쳐지지 않았다. 중요한 법이 아니기 때문이다.

"그럼 차들은?"

"두고 가시든가 하셔야지요."

"뭐라고!"

"저희라고 별수 있겠습니까?"

어깨를 으쓱하는 노형진이었다.

"여기서 마을까지 6킬로미터야! 말이 되는 소리를 해!"

"운동한다 생각하고 걸으세요."

"이이익!"

말이 안 통한다는 사실은 안 이장은 전화기를 들었다.

"구청에 전화해서 민원 넣을 거야!"

"그러시던가요."

공무원들에게 민원은 공포의 대상이다. 그러나 그건 공적
인 부분에 한해서 그런 것이지, 이와 같은 사적인 부분에 대
해서는 그들에게 책임이 없다.

"자! 그럼 가 주시겠습니까?"

노형진은 씩 미소를 지었다. 이들에 대한 공격은 지금부터
시작이었다.

⚖

"넌 우리가 아니라 청계에 갔어도 잘했겠다."

"솔직히 이렇게까지 하고 싶지 않았거든요. 청계야 미친 놈들이지만 이게 기분 좋은 짓은 아니지 않습니까?"

눈에는 눈, 이에는 이라고 청계에서 편법을 이용해서 괴롭힌다면 자신들 역시 같은 방법으로 반격하면 그만이다.

다만 그걸 써먹으면 누군가가 크게 피해를 보기 때문에 안 하는 것뿐이다.

"그나저나 저 차들은 어쩌지?"

차단한 지 일주일째.

마을 사람들은 철조망이 세워진 연구소의 벽 바깥쪽에 차를 세우고 어쩔 수 없이 안으로 들어가기 시작했다. 구청에 민원을 넣었으나 구청 역시 어쩔 수 없다는 답변을 받았기 때문이다.

"그나저나 저쪽에서도 소송하려고 하지 않을까요?"

"제가 왜 우리가 직접 안 쓰고 대룡을 사이에 넣었는데요."

이은영의 말에 노형진은 미소를 지었다.

"이런 경우에는 이 행동의 주체가 애매해집니다. 일단 우리는 이 땅을 빌려준 것이기 때문에 모든 책임은 대룡에 있다고 우길 수 있죠. 반대로 대룡은 자신들은 땅 주인에게서 빌린 것이므로 책임을 우리에게 미룰 수 있습니다. 그런 경우는 사건이 복잡해지기 때문에 못해도 3년은 갈 겁니다."

"3년이나?"

"1심에서 3심까지요. 길면 5년은 가겠지요."

"그런데 그 후에는?"

"그 전에 대룡의 사용 계약은 끝날 거고 그때는 대룡이 여기서 철수하면 됩니다. 그 후에는 다른 제3자가 들어오는 거죠. 그러면 그 소송은 의미가 없어지니까 처음부터 다시 해야지요."

그 말에 송정한은 헛웃음이 나왔다.

"그게 뭐야?"

"여기에는 손해배상책임이 없습니다. 어차피 자기 재산권을 이용하는 거니까요. 그러니까 기간마다 기업을 바꿔 가면서 무제한으로 틀어막을 수 있는 겁니다."

"그런다고 저들이 나무의 소유권을 포기할까요?"

"저 나무들이 저 사람들의 것이라고 생각하세요?"

"네?"

"저들은 농사꾼입니다. 하지만 과일나무는 키워 본 적도 없을 겁니다. 주변을 보세요. 과수원이 하나라도 있습니까? 그런데 그런 그들이 척 봐도 과실수가 자랄 수 없는 곳에다가 식생도 무시하고 무려 2천 그루의 나무를 심는다는 게 말이나 됩니까?"

"……!"

"아마도 그것도 전 땅 주인이 장난쳐 둔 걸 겁니다. 그래야 보상금을 받을 수 있을 테니까요."

아마도 자기 자식이 경매로 땅을 받았다면 저런 식으로 주장하지는 않았을 것이다.

"좋은 생각이죠. 분묘기지권과 나무의 소유권 문제가 이렇게 엮여 있으면 땅은 말 그대로 똥값이 되고 아들이 사면 실질적으로 양도세나 상속세를 내지 않아도 됩니다. 더군다나 얼마 후에는 재개발 발표가 나겠지요. 그렇게 된다면 이 장비와 나무에 대한 손해배상까지 더블로 받을 수 있고요."

"근데 왜 나무는 주인이 직접 주장하지 않은 거죠?"

고개를 갸웃하는 이은영.

"토지에 속해 있는 나무는 기본적으로 토지주의 소유로 인식됩니다. 즉, 경매로 나왔다고 해도 그건 경매 비용에 들어가는 거죠."

"하지만 마을 사람들이 제3자처럼 꾸미면 남들은 손대지 않는다?"

"그렇지요."

당장 배보다 배꼽이 훨씬 커지는 땅을 누가 사려고 하겠는가? 당연히 유찰되고 유찰되고 또 유찰된다.

"그런데 이런다고 마을 사람들이 저걸 포기할까?"

"포기하게 만들면 됩니다."

노형진은 전화기를 들었다. 그러고는 어디론가 전화를 하기 시작했다.

"여보세요? 아, 여기 대룡 연구소 부설 판교 연구소인데요. 여기 불법 주차한 차들이 많은데 단속 안 합니까?"

그걸 본 사람들은 뭐 하냐는 표정이 되었다. 그러자 노형
진은 미소를 지었다.

"민원을 넣는 게 저들만의 특권은 아니거든요."

누구를 속이려고?

"이장님, 기름이 떨어졌습니다."

"바깥에서 못 사 와?"

"그게…… 방법이…….."

이장은 돌아 버릴 지경이었다. 짭짤하게 돈이 생길 거라고 해서 받아들인 일이 터무니없는 지경까지 가고 있었기 때문이다.

차를 끌고 바깥으로 나갈 수가 없어서 기름을 채워 올 수도 없는 데다가 마침 나가 있던 차를 공용으로 쓰려고 하니 집요하게 불법 주차 민원을 넣어서 하루가 멀다 하고 견인되어 가고 있었다.

그 덕분에 안쪽에 있는 차들뿐만 아니라 농기구까지 기름이 없어서 돌리지 못하고 있었다. 게다가 기름이라도 채우려면 고속도로를 타고 빙빙 돌아야 한다. 하지만 문제는 그뿐만이 아니었다.

"이장, 나 좀 보세."

안으로 들어오는 남자를 보고 이장은 얼굴을 찌푸렸다.

"무슨 일인가?"

"우리 벌금은 어떻게 해결해 줄 건가?"

"벌금이라니?"

"지금 모른 척하는 거야? 우리 불법 주차 딱지 벌금 말일세! 벌써 30만 원이야! 30만 원!"

"그걸 왜 우리가 내나?"

"뭐라고? 지금 장난해? 우리 차가 바깥에 있다고 마치 무슨 택시처럼 굴려 놓고 못 낸다고?"

문제는 바로 바깥에 있는 차였다. 어찌 되었건 움직여야 하니 때마침 바깥에 있는 차들을 이용했는데, 하루가 멀다 하고 불법 주차 신고를 해 대서 바로바로 견인되어 가는 바람에 불법 주차 벌금이 엄청 나왔던 것이다.

'젠장! 적당히 모른 척해 주면 덧나?'

안 그래도 구청에다가 항의했지만 상대방이 대룡인 데다가 변호사를 통해서 정식으로 민원을 넣은 거라 사정을 봐줄 수가 없단다.

실제로 그쪽에서 초반에 별거 아니라는 식으로 대응하려

고 하자 노형진이 구청까지 찾아가서 고발을 넣겠노라고 으름장을 놓은 것이 효과가 있었던 것이다.

"이럴 거면 왜 그 일을 하자고 한 건가!"

"나야…… 일이 이렇게 될 거라 예상이나 했겠나?"

처음에는 짭짤하게 돈이 생기는 일이라고 생각해서 나선 건데 배보다 배꼽이 더 커졌다. 당장 농기구를 돌릴 수가 없으니 모든 다 손으로 해야 하고 차가 없으니 움직이는 것도 쉽지 않았다. 먹을 것도 반찬이 다 떨어져서 장을 봐 와야 하는데 그마저도 쉬운 게 아니었다. 그 무거운 짐을 들고 와야 하니까.

"자네가 책임져!"

"하지만……."

"자네 때문에 지금 온 동네가 이 꼴이 뭔가? 뭐? 한 집당 300만 원? 지금 우리 집 벌금만 30만 원이야!"

"쉿! 누가 들으면 어쩌려고?"

"들으라지! 이 상황에서 뭘 어쩌라고? 고작 300만 원을 받아 보자고 이 꼴이 뭐냔 말일세!"

남자는 화가 나서 버럭버럭 소리를 질렀다. 벌금이 문제가 아니다. 당장 벌점이 쌓여서 면허가 취소되기 직전이다.

"자네 덕분에 온 동네가 개판이야! 알아?"

"이보게나! 그게 어디 나 혼자만 좋자고 한 건가?"

"이게 좋은 건가?"

"진정하게!"

결국 언성이 높아지자 사람들이 마을 회관으로 모이기 시작했다. 그리고 한 명이 성토하기 시작하자 너도 나도 성토하기 시작했다.

"맞소이다! 자네가 자네 처형이라는 인간이 부탁했다고 해서 들어준 게 이게 뭔가?"

"당장 저쪽에서 입구를 안 열어 주면 우리는 평생 이렇게 살아야 하는데!"

마구 싸우는 사람들. 이장은 진땀을 흘리기 시작했다. 자신도 처형의 부탁으로 하기는 했지만 사실 이렇게 되면 아무리 처형의 부탁이라고 해도 들어줄 수가 없다.

"돈이고 나발이고 다 필요 없으니까 가서 문이나 열어 달라고 해!"

"소송하면……."

"소송? 소송비는 누가 거저 주나! 그리고 소송비가 어디 한두 푼인 줄 알아?"

"돈이 문제가 아니라구요! 상대가 대룡이라고 하니까 죄다 고개를 절레절레 흔들고 있어요!"

안 그래도 몇몇 사람들은 소송해서 길을 열 수 있지 않을까 하는 기대를 가지고 변호사들을 찾아갔지만, 대부분 상대방이 대룡이라는 말에 고개를 흔들었다고 한다.

그리고 그래도 하겠다고 한 변호사들도 최소 2천만 원은 받아야겠다고 했다.

더군다나 그 소송 기간도 최소한 1년은 잡아야 한다는데, 이렇게 1년씩이나 살 순 없다.

"자네가 가서 사과를 하든 뭐를 하든 해서 사태를 수습하게!"

"끄응."

이장은 신음성을 흘렸다. 자신이 완전히 곤란한 처지에 빠진 것을 깨달은 것이다. 돈을 준다는 말에 혹해서 동네 사람들을 선동한 이장이었지만 노형진은 그의 머리 위에 있었던 것이다.

"젠장…… 소송해서 될 것 같지도 않고."

소송해 봐야 저쪽에서 항소하면서 버티면 끝이 없다. 더군다나 노형진은 시간을 끄는 법을 기본으로 알고 있는 변호사다.

'후우…….'

이상이 그렇게 한숨을 쉬고 있을 때 결국 마지막 쐐기를 박는 사건이 터졌다.

"이게 뭡니까!"

갑자기 온 동네 사람들 모두에게 한꺼번에 경찰서에서 출두 명령이 떨어졌다. 순박하게 농사만 지어 오던 사람들은 깜짝 놀라서 이장에게 달려왔지만, 이장은 할 말이 없었다.

"나…… 나도 모르겠네. 나도 이게 어떻게 된 건지…….."

"아니, 우리가 뭘 했다고 경찰서에서 소환장이 옵니까?"

"이장님! 이런 이야기는 없었잖습니까?"

"그러니까……."

그들에게 붙은 죄목은 불법 침입이었다.

"불법 침입이라니……."

"젠장……."

땅에 나무를 심어 놓고 자기 거라고 거짓말하고 있으니 어쩔 수 없이 관리하기 위해서 하루에도 몇 번씩이나 그쪽에 가야 했다.

노형진은 그들에게 접근하지 말라는 내용증명을 보냈지만 법을 모르는 그들은 그걸 단순한 겁 주기로 생각했고 여전히 그 땅에 들어갔고, 그 결과 대부분의 사람들이 불법 침입으로 고발당한 것이다.

"이장!"

"어쩔 거야!"

"우리가 졸지에 범죄자가 되어 버렸잖아!"

"책임져!"

화가 난 동네 사람들의 분노 어린 목소리를 들을 때마다 이장은 속이 바짝바짝 타고 있었다.

'이런 이야기는 없었는데.'

물론 그들도 이렇게까지 할 거라고는 생각하지 못했을 것이다.

그렇게 온 마을이 뒤숭숭할 때쯤 슬슬 노형진은 전면에 나섰다.

"계십니까?"

노형진이 마을로 들어오자 마을 사람들은 분노에 찬 눈으로 그를 바라보았다.

"너 이 자식!"

"이 자식이라니요. 저희 아버지는 따로 계신데요?"

"뭐라고?"

"너 죽고 싶어!"

"불법 침입 말고 협박으로 전과 하나 더 달고 싶으신가 봅니다?"

"……."

아무런 말도 하지 못하는 마을 사람들이었다.

"계속하시겠습니까?"

"웃기지 마! 끝까지 간다!"

"그러면 별수 없고요."

노형진은 기다리지 않고 몸을 돌렸다. 하지만 이장의 생각과 다르게 다른 사람들은 그만 끝내고 싶었다.

"난 그만두겠네!"

"나도 그만둘 거야!"

"자…… 자네들, 무슨 소리야?"

"고작 300만 원 받자고 우리가 전과자가 되어야 한다는 게 말이나 되나? 자네야 친척이라지만 우리는 그렇지 않다고. 이보게, 변호사 양반! 우리는 모르는 일이야!"

"모르는 일이라니요?"

"김 씨!"

"닥쳐! 넌 이제 이장도 뭐도 아냐! 온 동네 사람들을 전과 자로 만들고 무슨 이장이라고!"

"맞소!"

결국 동네 사람들이 등을 돌리자 깜짝 놀라는 이장. 노형진은 그런 동네 사람들에게 다가갔다.

"모르는 일이라니, 무슨 말씀이신지요?"

"거기 있는 과일나무는 우리 것이 아냐. 전 주인의 것이지. 전 주인이 땅을 비싸게 팔아먹겠다고 거기에 심어 둔 거야."

결국 사실을 말하는 그들. 아무래도 전과자가 되고 싶은 생각은 없었던 모양이다.

"우리에게 부탁을 하더군, 한 집당 300만 원씩 줄 테니까 우리 과일나무인 것처럼 해 달라고."

"그렇단 말이지요?"

"그래…… 미안하네. 제발 한 번만 봐주게."

노형진은 그들의 자백을 듣고는 미소를 지었다.

'어차피 애써 심은 거, 버릴 필요는 없지. 청계에서 그렇게 고생해서 음모를 짜 줬는데 이용해 주는 게 예의 아니겠어?'

과일나무에 대한 보상금을 노리고 짠 거라면 자신이 이용해 주는 게 인지상정. 그렇기 위해서는 저들을 설득해야 했다.

"여러분, 지금 무슨 짓을 한 건지 아십니까?"

"뭐?"

"지금 사기를 인정하신 겁니다. 정식으로 사기로 고발하겠습니다."

"으헉!"

"자…… 잠깐 우리는 몰랐네! 몰랐어!"

"하지만 저한테 돈을 뜯어내려고 하시지 않았습니까? 그건 사기 맞습니다."

"아이고! 아이고!"

"야, 이 새끼야! 이거 사기였어? 이 새끼!"

"이장! 이게 무슨 말이야! 사기 치는 거라니! 자네는 그런 말 없었잖아!"

패닉에 빠진 마을 사람들과 자신들을 이용해서 사기를 치려고 한 이장의 멱살을 잡는 사람들.

노형진은 한참 동안 그들을 바라보았다.

'순박? 개뿔.'

순박하다는 건 좋게 말하면 순진하다는 거지만 나쁘게 말하면 멍청하다는 거다. 이런 뻔히 보이는 사기조차도 알아차리지 못해서 전과를 달 처지가 되다니.

'뭐, 이쯤이면 되겠지?'

보아하니 이 이상 두면 이 사람들 중 일부는 심장마비라도 올 듯해서 노형진은 이쯤에서 당근을 던져 줬다.

"뭐, 방법이 없는 건 아닙니다."

"뭐라고? 뭐든 말만 하게! 내 시키는 대로 다 하겠네! 용서만 해 주게. 흑흑흑…….”

"간단합니다. 나무를 제게 파시는 거죠."

"판다고?"

"네, 사기라고 하지만 증거는 제가 가진 녹음뿐입니다. 즉, 저 나무가 전 주인의 물건이라는 것도 증명할 방법이 이것 외에는 없다는 거죠."

"그…… 그렇지."

그런 증거를 남겨 놨을 리가 없다. 그러니 전 주인은 일이 잘못될 경우, 나무에 대해서 소유권을 주장하지 못한다.

"여러분들이 저한테 그 나무를 파시면 전 그냥 모른 척해 드리겠습니다. 그렇게 되면 여러분들은 돈 벌어서 좋고 거기에다 사기로 처벌받지 않아서 좋고. 전 땅 문제가 해결되어서 좋고, 1석 3조가 아니겠습니까? 한 집당 400만 원, 어떠신가요?"

이장은 노형진이 노리는 것을 알고는 비명에 가까운 고함을 질렀다.

"안 돼!"

하지만 마을 사람들의 생각이 달랐다.

"뭐가 안 된다는 거야! 우리가 바보인 줄 알아!"

이대로 있으면 죄다 전과자가 되는 데다가 그 대신 300만 원을 받을 뿐이다. 하지만 판매 동의서에 사인하게 되면 400만 원을 받고 모든 소송을 취하할 수 있다.

"그건 너희들의 것이 아니잖아!"

이장은 고함을 질렀지만 노형진은 그런 이장을 보면서 득

의양양한 미소를 지었다.

"그랬나요?"

"그래!"

"근데 그거 아세요?"

"뭐…… 뭐가?"

"이 녹음이 있는 이상 당신들의 발악은 소용없다는 거. 당신들이 자기 것이라고 하면 난 녹음을 증거로 제출하고 여러분을 처벌할 수 있습니다. 그리고 그 나무의 소유권은 전 주인에게 넘어가며 정당한 법적 절차에 따라 경매받은 땅에 있는 나무들은 제 물건이 됩니다. 과연 그 상황에서 전 주인이 돈을 줄까요?"

"그…… 그게……."

맞는 말이다. 만일 그게 사실로 드러나면 주인은 돈을 줄 리가 없다.

"하지만 여러분들이 여러분들의 주장대로 자기 것이라고 인정하고 판매 각서에 사인하면 전 한 집당 400만 원을 지급할 겁니다. 저야 여러분들이 끝까지 가 주시는 게 좋습니다. 그래야 날로 먹을 수 있으니까요."

노형진이 이장을 바라보면서 한 말에 다른 사람들은 이 싸움이 이길 수 없는 싸움이라는 걸 알았다. 저쪽에서 증거를 가지고 있다면 말이다.

"팔겠네……."

"나도……."

"나도……."

너도 나도 팔겠다고 나서자 이장은 침묵을 지키다가 힘겹게 입을 열었다.

"나…… 나도 팔 수 있을까?"

"그럼요."

노형진은 그런 그를 보면서 상큼하게 웃었다.

"우와……."

대책이 서지 않는 일인 줄 알았는데 노형진이 한 번에 해결한 걸 보고 이은영은 대단하다고 생각했다.

"어떻게 이런 방법을 생각하신 거예요?"

"뭐, 별거 아닙니다. 법은 결국 서로가 끌어당기는 관계니까요. 하나가 관련이 있으면 다른 하나가 관련이 있는 법입니다."

"그렇군요."

물론 이은영이 그 정도를 깨닫기에는 아직 부족하지만, 어찌 되었건 전혀 생각지도 못한 방법으로 문제를 해결한 것이다. 하지만 문제가 없는 건 아니었다.

"나무는 해결됐다 쳐도 무덤들이 있잖아요."

전 주인은 수목비라는 과실수의 배상금을 노리고 나무를

심었다. 그리고 그 나무가 법적으로 노형진에게 팔렸으니 그 돈은 노형진이 받게 될 것이다.

하지만 무덤은 팔거나 살 수도 없는 노릇이고 그렇다고 파헤치거나 파괴할 수도 없다. 분묘기지권이 있는 땅들이 가격이 떨어지는 데에는 다 이유가 있는 것이다.

"그건 벌써 해결된 거나 마찬가지입니다."

"네?"

"제가 오늘 왜 오라고 했는데요? 여기로 사람이 올 겁니다."

"사람? 설마 그걸 파 보려고요? 안 돼요. 큰일 나요."

이은영은 깜짝 놀랐지만 노형진은 고개를 흔들었다.

"그러니까 변호사는 세상을 넓게 알아야 한다는 겁니다. 법은 책 속에 있지만 증거는 세상에 있으니까요."

"증거가 세상에 있다니?"

이은영이 이해하기도 전에 저 멀리 무언가가 나타났고 그걸 본 노형진은 손을 흔들었다.

"저기 오는군요. 여기입니다!"

제법 커다란 트럭을 보면서 이은영은 도대체 무슨 방법으로 해결하겠다는 건지 알 수가 없었다.

⚖

전 주인인 신권우는 소장을 받고 어이가 없었다. 난데없이 날아온 소장에는 분묘기지권 불성립에 관한 소송이라고 되어 있었기 때문이다.

"장난하나, 무덤이 몇 개인데?"

지금까지 아홉 번이나 유찰된 데에는 다 이유가 있다. 온 사방에 무덤이 있는 것을 보고 다들 고개를 절레절레 흔든 것이다.

"망할 놈, 작전을 제대로 짜 주든가."

얼마 전 들었던 소식이 신권우의 속을 싹 뒤집었다. 수백만 원을 들여서 나무를 심어 놨더니, 변호사라는 놈이 함정을 파서는 슬쩍 자기가 집어삼킨 것이다.

나무가 2천 그루다. 일반적으로 과일나무 한 그루당 100만 원 정도로 책정된다고 하니, 그렇다면 20억이나 되는 돈을 노형진이 삼켜 버린 것이 된다.

"으으으, 개새끼."

이제 와서 자기 것이라고 주장할 수도 없는 데다 증거도 없으니 그는 엄청난 손해를 본 셈이었다.

"그래, 자기가 어쩔 건데? 무덤인데 살 거야, 어쩔 거야?"

게다가 방법이 없는 게 아니다. 무덤이 있는 이상 분묘기지권을 이용해 돈을 뜯어낼 수 있다.

"한번 덤벼 보라고. 이 개새끼 같으니라고."

그는 자신이 진다는 생각은 절대 하지 않고 있었다. 누구도 남의 무덤을 파헤칠 수는 없기 때문이다.

"개정합니다."

드디어 시작된 재판.

"친애하는 재판장님, 피고 신권우의 토지는 경매로 인하여 원고 노형진 측으로 넘어간 점은 인정됩니다. 하나 피고의 땅에 설치된 분묘들은 모두 신권우의 소유 하에 만들어진 것들로, 비록 불법 분묘라고 하지만 법적으로 분묘기지권을 가지고 있다는 사실은 부정할 수 없는 사항입니다. 즉, 원고 측이 주장하는 분묘의 소유권 상실은 개념적으로도, 법적으로도 있을 수 없는 사항입니다."

청계에서 나온 변호사는 당당하게 말했다. 워낙 분묘기지권의 개념이 확실하게 보호받고 있는 터라 이런 경우는 볼 것도 없이 승리한다는 것을 알고 있었던 것이다.

"이상입니다."

그쪽 말이 끝날 때까지 노형진은 그저 듣고 있을 뿐이었다. 말이 끝나자 노형진은 자리에서 일어나서 피고 측을 바라보았다.

"피고 측은 기존에 있던 분묘에 대해서 분묘기지권을 주장하고 있습니다. 그런데 분묘기지권이란 기본적으로 해당 분묘의 관리자, 즉 사망자의 친인척이 가지는 권리입니다. 피고 측은 이장비라는 명목으로 금전을 요구하고 있는데 설마 피고의 친인척이 한꺼번에 다 죽었다고 말하는 겁니까? 무려 삼백서른 명인데?"

노형진의 질문에 청계의 변호사는 코웃음을 쳤다.

'뭐야? 고작 이 정도냐?'

잘나가는 변호사라는 소문을 많이 들었는데 이런 뻔한 공격이라니.

"아닙니다. 피고 측은 총책임자입니다. 해당 분묘가 원래 피고 측의 무덤으로 만들어졌고 피고는 가문에 해당 토지를 분묘용으로 제공하였습니다. 그 대신 그 관리에 대한 모든 권한 일체를 넘겨받았습니다."

"그러니까 피고는 해당 토지를 가문의 무덤용으로 사용하고 있었고 해당 가문에서 그 관리 책임을 피고 신권우에게 넘겨줬다 이겁니까?"

"그렇습니다."

"그러면 그 개개인의 동의서들과 위임장들은 어디에 있습니까?"

"여기 있습니다. 해당 동의서들과 위임장들을 증거로 제출합니다."

한 뭉치의 서류를 건네는 그들을 보면서 노형진은 입맛을 다셨다. 그걸 보면서 청계의 변호사는 피식 웃었다.

'이건 뭐, 빈 수레가 요란하다더니, 아무 능력도 없잖아?'

하긴, 아무리 노형진이라고 해도 이미 존재하는 분묘의 존재를 부정할 수는 없을 것이다.

"원고 측, 이쯤에서 그만하고 합의하는 게 어떻겠습니까? 원고 측도 알겠지만 아무리 소송해도 분묘기지권은 부정되지 않습니다."

보다 못한 판사조차도 노형진에게 충고할 정도였다. 하긴, 무덤이 330기라니, 이건 완전히 공동묘지를 산 꼴이다.

"알겠습니다, 재판장님. 하지만 합의하기 전에 확실하게 짚고 넘어가야 할 부분이 있습니다."

"짚고 넘어가야 할 부분?"

"분묘란 무엇입니까?"

그 순간 청계 변호사나 피고 신권우, 심지어 판사까지 어이없는 얼굴이 되었다.

"설마 분묘의 뜻을 몰라서 묻는 건가요?"

"아닙니다. 그저 확실하게 하고 싶어서 그런 겁니다."

"당연히 사람의 시신이 묻혀서 그 가족들에게 관리되고 있는 것이지요."

"그렇군요. 답변 감사합니다."

노형진은 고개를 숙여서 판사에게 감사의 인사를 건네고는 고개를 돌려서 청계 측 변호사를 바라보았다. 그걸 본 청계 측 변호사는 왠지 불편한 얼굴이 되었다

'뭐야, 저 새끼?'

마치 그 표정이 이제 네 재롱은 지겨우니 그만 보겠다고

말하는 것 같았기 때문이다.

"그렇다면 만일 봉분만 있고 시신이 없다면 그건 분묘라고 할 수 있을까요?"

노형진의 질문에 청계 측 변호사의 등골에서 식은땀이 흐르기 시작했다.

'설마? 알고 있었다는 거냐? 어떻게?'

그 무덤들은 빈 무덤이었다. 봉분 형태만 만들고 속은 텅 텅 비어 있는 가짜 무덤들.

목적은 경매의 낙찰 방지와 가격 하락 유도 그리고 재개발 시 이장비 청구를 위해서 만든 가짜였다.

'그럴 리가 없어……. 그럴 리가…….'

청계 측 변호사는 어떻게든 최악의 예감을 부정하려고 했다. 하지만 노형진의 말을 봐서 노형진은 분명 그걸 알고 있을 가능성이 높았다.

"설마 원고의 주장은 330기의 무덤 전부가 가짜라는 뜻인가요?"

판사 역시 한 번에 그걸 알아듣고는 고개를 갸웃했다.

"그렇습니다. 그 무덤들은 모두 가짜이며 존재 가치가 없는 무덤들입니다."

"아닙니다! 재판장님! 원고는 지금 입증할 수 없는 사실을 무차별적으로 발언하여 논점을 흐리려 하고 있습니다!"

청계 측 변호사가 벌떡 일어나서 소리를 질렀다. 판사는 그를 보다가 노형진을 바라보았다.

"증거 있습니까? 그렇다면 이건 큰 문제입니다."

"증거 있습니다."

'큭!'

청계 측 변호사는 깜짝 놀랐다. 설마 증거를 가지고 있을
줄이야. 그렇다면 이야기가 달라진다.

"재판장님! 원고 측이 가지고 있는 증거는 불법적으로 피
고의 분묘를 파헤치고 얻은 증거임이 분명합니다! 이를 인정
해서는 안 된다고 생각합니다!"

"그럼 무덤이 비었다는 걸 인정하는 겁니까?"

"아닙니다!"

"그럼 빈 무덤은 어떻게 생긴 거죠?"

노형진의 날카로운 질문에 청계 변호사는 머리에 쥐가 나
도록 변명하기 시작했다.

"피고 측이 모르는 상태에서 가묘가 있을 수도 있습니다."

"가묘?"

"그렇습니다. 가묘, 즉 가짜 무덤을 만들어 두면 오래 산다
는 속설 때문에 가묘가 일부 있을 수도 있습니다. 하지만 그게
전부인 것처럼 확대해석하는 것은 있을 수 없는 일입니다."

아니나 다를까, 그들은 노형진의 예상대로 가묘라는 것을
주장하고 나왔다.

"어찌 되었건 원고는 어떠한 권한도 없이 피고 측의 분묘

를 파괴했으니 그 증거는 인정할 수 없습니다.”

몇 개나 팠는지 모르지만 많이 파지 않았다면 가묘라고 주장할 수 있을 거라 생각한 청계 변호사는 노형진을 몰아붙였다. 노형진은 그런 그를 보다가 판사에게 고개를 돌렸다.

“만일 파괴하지 않고 검사했다면 어떻겠습니까, 재판장님?”

“파괴하지 않고?”

“그렇습니다.”

잠시 고민하던 재판장이 결심한 듯 고개를 끄덕거렸다.

“그 방법이 뭔지 알아야 판단할 수 있겠군요.”

“알겠습니다. 잠시만 기다려 주십시오.”

노형진은 바깥으로 전화했고 잠시 후 문이 열리면서 제법 커다란 물건이 안으로 들어왔다. 마치 서양에서 쓰는 두 손으로 미는 잔디 깎는 기계처럼 생긴 물건이었다.

“이건?”

“지층 탐사기입니다. 땅속으로 충격파를 발사하여 그걸 반사시켜서 그 안을 확인하는 방법으로, 미국에서는 시체를 찾거나 땅속을 확인할 때 많이 사용합니다.”

“으헉!”

생각지도 못한 물건이 나오자 청계 변호사는 깜짝 놀랐다. 들어만 봤지, 진짜로 저런 게 있을 거라고는 생각하지 못했던 것이다.

“저는 이 지층 탐사기로 330기의 무덤을 확인해 봤습니다.

그 결과, 무덤 모두가 텅 비어 있는 봉분뿐이라는 사실을 확인했습니다."

"거짓 증거입니다! 저건 불법적으로 얻은 증거이니 인정해서는 안 됩니다, 재판장님!"

발악적으로 소리를 지르는 청계 변호사. 재판장은 한참 고민하다가 두 사람을 번갈아 보면서 말했다.

"분묘기지권이란 해당 자리에서 조상의 묘소가 있는 경우이를 존중하고 예를 지키기 위해서 성립하는 것이지, 비파괴 검사를 통한 검사의 유효성까지 박탈하기 위한 권리가 아닙니다. 그러므로 해당 검사의 증거 능력을 인정하겠습니다."

'이런.'

당황하는 청계와 다르게 노형진은 속으로 나이스를 외쳤다.

"그 검사지를 보여 줄 수 있겠습니까?"

"여기 있습니다, 재판장님."

노형진은 함께 들어온 증거 상자에서 검사지를 건넸고 재판장은 한참 그걸 살펴보았다.

"상당히 많군요."

"330기나 되니까요."

"이걸 다 검사했습니까?"

"비파괴 검사 자체는 어렵지 않습니다. 해당 위치에서 충격파만 한번 쏘면 되니까요."

"흠."

판사는 그 종이를 하나씩 뒤집었다. 그리고 공통적인 현상을 발견할 수 있었다.

"비었군요."

"네."

정상적인 무덤이라면 관이 있어야 한다. 오래되어서 썩어서 무너졌다고 해도 유골의 모습이 사진에 찍혀야 한다. 하지만 이 사진들은 아무것도 없이 평평할 뿐이었다.

"흠."

사진을 뚫어져라 보던 판사는 무심한 눈빛으로 신권우를 바라보았다. 진짜 아무 생각 없이 본 것이었지만 신권우는 새파랗게 질려서 와들와들 떨기 시작했다.

'싯팔.'

청계의 변호사는 그걸 보고 글렀다는 것을 알아차렸다. 판사가 그걸 눈치채지 못했을 리가 없기 때문이다.

"피고 측, 할 말 있습니까?"

"없습니다."

할 말이 없었다. 전혀 생각도 하지 못한 물건이었던 탓이다.

'후후후, 내가 찾느라고 고생 좀 했지.'

영화 같은 데에서는 흔한 것처럼 나오지만 사실 이 기계는 하나에 무려 2억이 넘는 놈이다. 국내를 뒤진 끝에 이것을 가지고 있는 곳을 하나 찾아 많은 돈을 주고 빌리는 데에 성공했다. 기억을 읽은 것을 보여 줄 수는 없으니 말이다.

'어떻게……'

자신을 보는 노형진을 보면서 청계 측은 이를 빠드득 갈
았다. 일반적인 사람이라면 무덤이 비어 있다는 생각 따위
는 안 한다. 그걸 알아내기 위해서 무덤을 팔 인간도 없고
말이다.

"아무래도 정식으로 발굴해서 수사해야겠군요."

그 말에 와락 얼굴을 구기는 신권우였다.

"벌써 수사 중입니다. 정식으로 사기 혐의로 넣었습니다.
하지만 한 가지 혐의가 더 붙을 것 같군요."

"무슨 소리입니까?"

노형진은 방금 증거로 제출된 종이를 받아 들고는 뒤적거
렸다. 그러고는 그 안에서 이름 하나를 뽑아 들었다.

"신호섭 씨의 무덤이 있군요."

"그래서요?"

"이 사람이 존재하는 사람인가요?"

"뭐라고요?"

노형진은 뭔가를 꺼내서 탁자위에 올려놨다.

"재판장님, 갑제 2호증 지질학 검사 결과서를 제출하는 바
입니다."

"지질학?"

"그렇습니다."

뜬금없는 지질학이라는 단어에 판사조차 고개를 갸웃했다.

"지질학에는 여러 가지 목적이 있습니다. 특히 해당 지역의 지층을 조사하여 성분을 분석하거나 역사 같은 것을 밝히는 게 주요 목적입니다."

"그런데요?"

"지질학 성분상 봉분을 이루고 있는 대부분의 토양은 해당 지역의 토양과 성분이 전혀 다르다는 사실을 보여 주고 있습니다. 해당 지역이 고운 균질의 흙이라면 봉분을 이루고 있는 흙은 다수의 암석을 포함한 흙이라는 겁니다."

"그게 무슨 관계가 있다는 거죠?"

"일반적으로 봉분을 만들 때에는 그 주변의 흙을 가지고 만드는 것이 보통입니다. 더군다나 봉분을 만들기 좋은 고운 상태의 성질을 가진 해당 지역의 토양을 생각하면 더욱더 말입니다. 그런데 왜 봉분을 만드는 데에 필요한 흙을 외부에서 가지고 왔을까요?"

확실히 이상한 일이기는 했다.

"가령 이런 것도 가능하지 않겠습니까? 대량의 봉분을 한꺼번에 만들어야 하니 대량의 흙이 필요해졌다든가 하는 식의 의문도 있지요."

노형진은 신권우를 보면서 정확하게 한 자 한 자 말했다.

"더군다나 특이하게도 그 형질의 토양은 경매 시작 전 근처 도로 공사장에서 채취된 흙과 성분이 아주아주 비슷합니다. 그리고 그 도로 공사장은 딱 6개월 만에 포장이 끝났지요. 참으로 불운한 일이 아닙니까, 6개월 만에 무려 삼백서른 명이나 되는 같은 가문 사람들이 죽었다는 게? 나라가 안 뒤집힌 게 이상하군요. 안 그렇습니까, 피고?"

"……."

신권우는 할 말이 없었다. 확실히 그는 무덤을 만들기 위해서 주변 공사장에서 흙을 가지고 왔기 때문이다.

330기의 무덤을 만들면 주변이 움푹 패는 것은 당연한 일. 그러면 의심받을 수 있으니 외부에서 흙을 가지고 오라고 한 것이 청계였다.

'후후후, 미드에게 영광이 있으라.'

물론 미국에서도 일일이 토양 분석은 하지 않는다. 하지만 노형진은 혹시나 하는 마음에 한 것이다. 그리고 그 결과는 역시나였다.

"피고 측, 할 말 있습니까?"

"……."

"피고 측이 2주 이내에 답변이나 이를 뒤집을 증거를 제출하지 않을 경우, 결심하도록 하겠습니다."

너무나 명확한 증거 때문에 그들은 할 말이 없었다. 어떤 식으로도 뒤집을 수 없는 정보였던 것이다.

"크흑."

신권우는 화가 난 눈빛으로 청계에서 나온 변호사를 노려보았지만, 그는 담담하게 서류를 챙기고는 그의 귀에 대고 뭐라고 한마디 하고 재판정 바깥으로 나갔다. 그러자 홀로 남은 신권우의 얼굴은 점점 새파랗게 변해 갔다.

⚖️

넓은 대지. 탁 트인 공간에 선 노형진의 아버지는 감동스러운 눈빛으로 그 땅을 바라보고 있었다.

"드디어 우리 땅이구나……."

"네…… 우리 땅입니다."

2만 평이 넘는 넓은 대지. 그곳에서 자라는 나무들.

결국 신권우는 사기와 공문서 위조 혐의로 구속되었다.

수사가 시작되자 증거가 넘쳐났기 때문이다. 아니나 다를까, 무덤에서는 시신은커녕 관 쪼가리 하나 나오지 않았다.

'열 배라……'

얼마 후면 이곳은 재개발된다, 아직 확정된 건 아니지만. 그리고 그때는 최소 열 배로 뛴다. 80억짜리 땅을 10억에 샀으니 개발이 확정되면 못해도 800억대 부자가 되는 것이다.

더군다나 그 땅 위에 있는 과일나무의 값은 별개다. 법적으로 자신의 것이 되었으니까.

'후우, 일단 돈 걱정은 없겠네.'

자신도 자신이지만 아버지가 좋아하는 게 노형진은 행복했다. 사람에게 있어 돈의 유무는 엄청난 차이가 있기 때문이다.

"아버지."

"왜 그러냐?"

"하고 싶은 걸 하면서 산다는 게 나쁜 건 아니겠지요?"

"그렇겠지. 다만 누군가에게 도움이 되는 거라면 더욱 좋겠지."

"이제 그렇게 살 수 있겠네요."

"녀석, 땅이 생긴 게 그렇게 좋냐?"

그 말에 노형진은 미소만 지을 뿐이었다.

다음 권으로 이어집니다

꿈의 도약, 로크에서 하십시오
(주)로크미디어에서 신인 작가를 모십니다

즐거운 세상, 로크미디어는 꿈을 사랑하고 도전을 두려워하지 않는 작가 분들의 참신한 작품을 기다리고 있습니다. 21세기 장르 문학계를 이끌어 갈 차세대 선두 주자 (주)로크미디어에서 여러분의 나래를 활짝 펴 보시길 바랍니다.

모집 분야 판타지와 무협을 포함한 장르 문학
모집 대상 아마추어 작가, 인터넷 작가
모집 기한 수시 모집
작품 접수 시 유의 사항
1. 파일명은 작가명_작품명.hwp형식을 갖춰 주십시오.
1. 파일에 들어갈 내용은 다음과 같습니다.
   – 성명(필명인 경우 실명을 밝혀 주세요), 연락처, 이메일 주소
   – 제목, 기획 의도
   – A4용지 1장 분량의 등장인물 소개
   – A4용지 2장 분량의 전체 줄거리
   – 본문
1. 작품이 인터넷에 연재되고 있다면, 게시판명과 사이트의 구체적이고 정확한 주소를 기재해 주십시오.

선택된 작품은 정식 계약 후 출판물로 간행되어 전국 서점에 유통됩니다.
작가 분은 (주)로크미디어의 전폭적인 지원하에 전속 작가로 활동하시게 됩니다.
※ 자세한 내용은 로크미디어 홈페이지(rokmedia.com)를 참조하세요.

(140 – 133)서울시 용산구 원효로97길 46 진여원빌딩 5층
(주)로크미디어 편집부 신간 기획 담당자 앞
전화 : 02 – 3273 – 5135
www.rokmedia.com   이메일 : rokmedia@empas.com

200평 초대형 24시 만화방

🔖 수원시청점

로데오거리
● 농협
● CGV
⑧ 수원시청역 8번출구
● 홍콩반점
24시 만화방 3F

TEL : 031-226-3771
수원시 팔달구 인계동 1041-11 3층 24시 만화방

수면실 (침대식) ── 사우나석

2인석 ── 샤워실

세탁기 ── 신간100%

🔖 의정부점

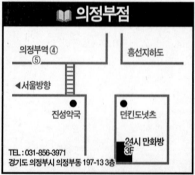

의정부역 ④ ⑤
흥선지하도
◀서울방향
진성약국
던킨도넛츠
24시 만화방 3F

TEL : 031-856-3971
경기도 의정부시 의정부동 197-13 3층

🔖 안양점

● 안양역
육교
◀관악역
명학역▶
● 농협
24시 만화방 2F
안양일번가

TEL : 031-466-3771
경기도 안양시 안양동 674-163 공룡고기건물 2층

🔖 주안점

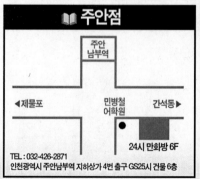

주안 남부역
◀제물포
민병철 어학원
간석동▶
24시 만화방 6F

TEL : 032-426-2871
인천광역시 주안남부역 지하상가 4번 출구 GS25시 건물 6층

🔖 안산점

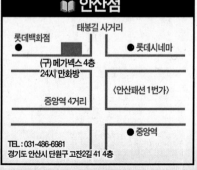

롯데백화점
태봉길 사거리
● 롯데시네마
(구) 메가넥스 4층
24시 만화방
〈안산패션 1번가〉
중앙역 4거리
● 중앙역

TEL : 031-486-6981
경기도 안산시 단원구 고전2길 41 4층